2

Herstellung und Verlag; Books on Demand GmbH Norderstedt

Alle Rechte vorbehalten

ISBN 9783842339644

©Erich Reißig

Der Dachschaden

Eine Erzählung in Briefen aus Bayerns einst großer Zeit

von

Erich Reißig

Eine halbe Erzählung in Briefen, genauer, die ich dem Arno Schmidt und Jean Paul zur Erinnerung geschrieben habe, damit ich auf diese Weise schon einmal zwei berühmte Namen im Buch habe, das dann auch in deren Glanz, eigene Strahlen versenden möge.

Der Schmidt Arno hat geschrieben, dass dem Goethe Wolfgang sein Werther eigentlich gar kein Briefroman sei, weil die Briefe im Roman von dem damals noch jungen Alten nur in eine Richtung gingen, das hätte der Wieland in seinem schon besser gemacht, dessen Titel allerdings allgemein in Vergessenheit geraten ist, auch bei mir, weswegen ich ihn auch nicht angeben kann, diesen Text freilich könne man einen Briefroman nennen, den Werther aber nicht.

Auch ich habe nur die Briefe der einen Seite zu Papier gebracht und unterschlage die der anderen, soweit welche geschrieben wurden. Gegen Schluss des Buches übernehme ich einige Ansichten der Gegenseite, selbstverständlich nach einem leidvollen Reifeprozess, in welchem mir der Sinn vorher abgelehnter Werte aufging. Somit ist dieses Buch in die Gattung der Erziehungsromane, im vorliegenden Fall, Erziehungserzählungen einzureihen, die in den vergangenen Jahrhunderten das Ansehen unserer Literatur in der ganzen Welt aufblühen ließen, und von denen fälschlicherweise angenommen wurde, dass sie in unseren Tagen nicht mehr fortgeführt werden könnten, was ich aber mit vorliegender Arbeit widerlege.

So vertraue ich denn dieses bescheidene Schifflein der bayerischen Lethe an, in der es munter schwimmen mag, bin ich doch davon überzeugt, dass die Erzählung von tatsächlichen und frei erfundenen Begebenheiten und Gestalten in die deutsche Literatur eingehen wird.

Sehr geehrter Herr Hausverwalter,

nachdem Sie mir mitgeteilt haben, dass das Dach des
Hauses, das Sie verwalten, und unter dem zu wohnen ich
die Freude habe, wenn wir Glück haben, bis zum Ende
dieses Jahres repariert werde, es auch inzwischen so
abgedichtet sei, dass kein Wasser mehr durchrinne,
wovon ich mich überzeugen wollte, jedoch nicht überzeugt wurde, weil ich durch die noch immer klaffenden
Löcher einen inzwischen manchmal blauen Sommer-
himmel betrachten kann, Sie mir, als ich Ihnen dies sagte,
antworteten, wenn mir dies nicht gefiele, könnte ich mir
ja auch eine andere Wohnung suchen, und nachdem Sie
voll des Lobes über unseren wackeren Hausmeister
waren, der das Haus durch sein unermüdliches Tun vor
größerem Schaden bewahrt habe, und Sie nicht verstanden, warum ich mich aufregte und aufrege, ein
bisschen lauter spräche, als angemessen, und auch nach
den Aussagen des Hausmeisters höchst nervös reagiert
haben soll, möchte ich Ihnen die Lage schildern, das
heißt vergangenes Geschehen, denn wie ich gelesen
habe, kann es sein, dass, wenn man die Vergangenheit
nicht versteht, man sie noch einmal durchleben muss,
und davor wollen wir uns doch bewahren.

Es begann mit diesem Hagel. Den wollten wir alle nicht,
und daran ändern können wir jetzt auch nichts mehr.
Voraussagen hätte man ihn zwar können, aber, wie ich
erfahren habe, sind unsere Wetterdienste so miserabel
ausgerüstet, dass sie es demzufolge nicht konnten, und
überhaupt hat ein von mir sehr geschätzter und auch
verschmitzter Professor einmal gesagt, wenn man für
den morgigen Tag das gleiche Wetter vorhersage, wie für

den heutigen, läge die Wahrscheinlichkeit, dass es so werde, bei etwa siebzig Prozent, und die paar Prozent mehr an Wahrscheinlichkeit der Aussagen der Wetterdienste seien sündteuer und würden immer noch nicht dazu führen, dass die Vorhersage mit dem dann tatsächlichen Wetter übereinstimme, und lokale Wetterlagen würden ohnehin kaum einbezogen, denn man arbeite flächendeckend. Das kann ich als aufmerksamer Hörer von Wettervorhersagen nur bestätigen.

Dieser Hagel nun zertrümmerte das Dach des Hauses, das Sie verwalten und unter dem ich wohne; der dem Hagel folgende Regen setzte dann meine Wohnung unter Wasser, und trotz eifriger Bemühungen konnten wir nicht verhindern, dass es in den Räumen zeitweilig wie in eine Tropfsteinhöhle aussah, Nun hätte der Hausmeister auf den Plan treten können, er trat aber nicht, weil er nicht da war. So wischten und schütteten wir, die Hausmeisterin und ihr Sohn, später auch Nachbarn, die sofort barfuss in die Fluten tappen wollten, wovon wir abrieten, da auch Scherben am Boden lagen, an denen sie sich hätten verletzen können, bis tief in die Nacht, bis endlich der Regen versiegte, und wir in die Betten stolpern konnten. Der nächste Tag brachte Entspannung, nicht lange zwar, denn dunkle Wolken trieben am Himmel, genug immerhin, dass wir den Schaden besehen und uns Gedanken machen konnten über eine Natur, die in dieser technisierten und computerisierten und sonstwie Welt sich ungebändigt keck zeigte.

Der Hausmeister war aus dem Wirtshaus heim gekehrt, hatte seinen Rausch ausgeschlafen und rief forsch die Feuerwehr, damit die zertrümmerten Dachziegel, die sich in den Dachgittern gestaut hatten, entfernt mögen. Drei Mann kamen alsbald mit einer Leiter und machten sich an die Arbeit. Ich besah mir den Himmel, das heißt die Ansammlung dieser Wolken dort, und begab mich nach unten, den Leuten vom Fach zu erklären, dass das Dach abgedichtet werden müsse, damit ein sicherlich baldiger Regen nicht neuen Schaden anrichten könne. Der am Fuß der Leiter verbliebene Feuerwehrmann lehnte mein Ansinnen ab und fuhr fort der Arbeit seiner Kollegen zuzusehen, die mit sicheren Handgriffen einen Ziegel nach dem anderen zu uns in die Tiefe warfen.

Ich bedachte den Zustand des Daches, erkannte dessen zunehmende Blöße, sah die lauernden Wolken und drängte heftiger, das Dach zumindest notdürftig abzudichten. Ich fand mich dabei angefeuert von meinen Kindern, die mit glänzenden Augen dem Geschehen am Dach und im Hof zusahen. Meine kleinere Tochter lernte auf der Stelle das Wort Feuerwehr auszusprechen - Fehweweh – eine erstaunliche Leistung bei ihren noch nicht einmal eineinhalb Jahren, für Kinderpsychologen und Sprachforscher sicherlich interessant zu hören - ich wollte sie in den nächsten Tagen auch lehren. Dampflokomotivführer zu sagen, was sie aber verweigerte, vermutlich fehlte ihr dazu die Anschaulichkeit.

Mein Gespräch mit dem Feuerwehrmann entwickelte sich aufgrund der Beharrlichkeit beider Seiten heftiger, wenn auch der Lage angemessen, wie ich meine, und es kam zu gegenseitigem Androhen von Prügeln, was die Kollegen auf dem Dach veranlaßte, ihre Leiter einzufahren und dem bedrängten Kollegen zu Hilfe zu eilen. Zu dritt nun und auch mit Unterstützung des Hausmeisters, der sich auf die zahlenmäßig überlegene Seite schlug, machten sie mir klar, dass sie das Dach nicht abdichten könnten, weil es in ganz München keine Planen mehr gäbe, und auf keinen Fall jemanden, der sie brächte, falls es sie noch gäbe, weil alle verfügbaren Kräfte im Einsatz seien. Ich sagte, das wolle ich wissen, und die Planen könne ich im eigenen Auto holen. Dann solle ich nach Trudering fahren, aber das sei sinnlos, weils eben keine mehr gäbe. Ich sagte, ich würde welche bekommen, und machte mich auf den Weg, während die beiden Feuerwehrmänner - Fehweweh - wieder nach oben schwebten, um weiter Ziegel zu werfen, und auch der dritte sich beruhigte und in Eintracht mit dem Hausmeister ihnen zusah.

In Trudering gabs noch Planen. Ich brauchte aber keine, weil die dortige Einsatzleitung feststellen konnte, dass eben während ich unterwegs war, Planen zu meinem Anwesen geliefert worden waren, genug, um das ganze Haus zu verpacken. Diese Entwicklung verblüffte mich, auch ihr Christoähnliches Ausmaß, und ich rollte beinahe beschämt nach hause, nicht ich rollte, die Räder meines Autos rollten, es selbst fuhr und ich saß drinnen, ein wenig beschämt deswegen, weil ich sehen musste, dass der Hagel hier schlimmer gewütet und gleich ganze Dächer abgedeckt hatte, während unseres doch nur teilweise zerstört war, wenn auch die meisten inzwischen schon abgedichtet waren oder gerade abgedichtet wurden. Auch mein Hausmeister schien solchen Gedanken nachzuhängen, denn, als ich zurückkam, schickte er die Feuerwehrleute zu anderen Einsätzen und erklärte, die Planen selber auf dem Dach anbringen zu wollen. Ich äußerte Zweifel, auch Unbe-

hagen, er sagte, in seiner zwanzigjährigen Hausmeister-
tätigkeit in vielen Objekten habe er schon schwierigere
Aufgaben gemeistert. Er wirkte entschlossen. Ich ging
also nach oben, wo mich meine Kinder mit Fehweweh
empfingen.

Ein Blick vom Balkon, später schwere Schritte, Flüche
und Schnaufen auf der Treppe überzeugten mich, dass
der Hausmeister gewillt war, Gesagtes zu tun, und die
erste Planenrolle zum Speicher schleppte. Dabei bliebs
bis zum nächsten Tag. Auf mein Fragen antwortete der
noch immer erschöpfte Mann, das Dach sei unmöglich
mit Planen abzudecken und allein könne er es schon gar
nicht. Er werde jetzt die Ritzen und Spalten im Speicher-
boden abdichten, dann komme kein Wasser mehr in
meine darunterliegende Wohnung, Zu dieser Zeit regnete es nicht.

Als es dann regnete und das Wasser in meine Wohnung
tropfte, weil es offensichtlich andere Wege wählte, als
jene, die ihm der Hausmeister verstellt hatte, rief ich
noch einmal die Feuerwehr, die dann auch bald mit
schwerem Gerät vorfuhr und hochfuhr, jedoch bald auch
wieder abfuhr, nachdem ein gewisser Maier oder Müller
Zwei Schaden und Dach besichtigt und erklärt hatte, dass
ein solches Dach viel zu steil und zu gefährlich sei. Er
könne seinen Leuten diese Arbeit nicht zumuten,
außerdem halte sich der Schaden doch in Grenzen, er
habe da anderes gesehen, und überhaupt seien manche
Flecken schon recht ausgetrocknet, ob sie eigentlich jetzt
erst entstanden seien. Ich sagte, wir hätten uns erlaubt,
ein bisschen aufzuwischen und auch zu putzen, weil
darunter doch unsere Wohnung sei, in der wir wohnten.

Also die Feuerwehr war weg und der Hausmeister schien froh, konnten doch die Fachleute nicht was er nicht vermochte. Er äußerte sich verständnisvoll zu unserer Lage und versprach sein Mögliches zu tun, er gehe jetzt wieder nach oben auf den Speicher und werde so lange arbeiten, bis alles dicht sei. Er betrieb in den nächsten Stunden lauten Aufwand, und jedes Mal, wenn ich nach oben kam, hob sich seine hagere Gestalt kaum von den Geräten und Werkzeugen ab, die in mannigfaltigen Formen die Speicherfläche bedeckten. Sein Arbeitsraum schien ins Unendliche zu wachsen, begrenzt höchstens noch von einer zunehmenden Anzahl leerer Bierflaschen, entlang von Mauer und Dachschräge, die an diesen neuralgischen Punkten offensichtlich gezielt Tropfen auffangen sollten. Eine Kiste noch voller Flaschen stand auch herum. Ich schaute ihn an und erkannte, dass er diese noch austrinken mußte oder wollte, denn es ging ja nicht an, dass er geöffnete volle Flaschen aufstellen konnte, die dann Tropfen aufnehmen sollten, die wären rasch übergelaufen und dann wäre nicht nur Wasser sondern auch Bier in meine darunterliegende Wohnung getropft.

Bier, das in Wohnungen durch die Decke kommt, mag zwar der Traum mancher Bayern sein, doch entspräche es kaum dem bayerischen Reinheitsgebot, wär also nix und würde kaum jene Weitsicht erzeugen, die durch Biertrinken im Lande angestrebt wird.

Meine Blicke verrieten vermutlich die Enge in der ich mein Dasein genieße, und so musterte ich die noch immer vorhandenen Löcher im Dach und verfolgte durch sie das Vorbeiziehen uns drohender Wolken, die aber in diesen Stunden ihr Wasser zu anderen Plätzen trugen, und ich verstellte Eimer und Wannen in der Hoffnung, sollte es regnen, dass das Wasser dann da hineintropfe. Das erwies sich als falsche Annahme, denn am nächsten Tag, als zeitweilig heftige Schauer kamen, suchte sich, das Wasser zwar auch dorthinein seinen Weg, zumeist aber rann es listig an Gebälk und Mauer entlang und sickerte zu uns herab, erneuerte und vergrößerte die Flecken. Ich lief also auf den Speicher, wischte und verstellte, schüttete die vollgelaufenen Wannen aus und fragte mich, wo denn der Hausmeister bliebe, der doch immer bereit zum Einsatz sein wollte. Als der Regen dann aufhörte, und ich auf die Straße ging, sah ich ihn sein Auto auf die Fahrbahn steuern; er hatte gewiß in seiner Wohnung ausgeharrt, bis er trockenen Leibes woandershin gelangen konnte, was ihm wohl auch gelang, denn die Dellen im Dach seines Wagens zeugten zwar von vergangenen Hagelschlägen, aber das Dach schien dicht.

Zu dieser Zeit, sehr geehrter Herr Hausverwalter, hatte ich Sie schon zweimal angerufen und gebeten, sich um die Dinge zu kümmern, da ich am nächsten Tag verreisen musste. Bedauerlicherweise konnte ich mich nur mit Ihrem Telephonbeantworter unterhalten, dessen beschränkte Kommunikationsfähigkeit Sie offensichtlich nicht veranlaßte, mich zurückzurufen. So reiste ich ab und überließ die Wohnung meiner Schwägerin, die versprochen hatte, sich um alles zu kümmern. Sie rannte hierher und auf den Speicher, leerte vollgelaufene Eimer und Wannen, wischte und putzte und erlaubte sich sogar eines Nachts, als es erbärmlich goß, gegen vier Uhr morgens, nachdem sie seit Elf zugange war, den

Hausmeister mit Drohungen an sein Versprechen zu erinnern, auch ein wenig nach dem Wasser zu schauen. Offensichtlich war ihr nicht gelungen der Fluten Herr zu werden, so dass auch einige Tropfen in seine unter unserer liegende Wohnung gedrungen waren, was ihm am nächsten Tag unverzüglich dazu brachte, einen Spengler zu bestellen, der nun doch, nach immerhin inzwischen vierzehn Tagen, das Dach notdürftig abdichten durfte. Der Meister kam und sagte dann zu meiner Schwägerin, ich war ja nicht da, weil ich verreist war, jetzt sei alles dicht. Dann ging er wieder und sie glaubte ihm.

In der nächsten Zeit kamen ein paar sonnige Tage, und auch ich kehrte von der Reise zurück und hoffte an meinem Haus die Gerüste zu sehen, die andere Häuser in meiner Straße zierten, wenn ich mal so sagen darf. Ich sah sie nicht. Stattdessen hörte ich Sie über das Glück philosophieren, das wir haben könnten, wenn in diesem Jahr noch Handwerker kämen, auch hörte ich Sie fragen, warum ich mich aufrege, es sei doch alles dicht. Zu diesem Zeitpunkt hatte ich mir das Dach noch nicht angesehen. Inzwischen hat es allerdings wieder geregnet und den Speicher und meine Wohnung benetzt, und ich habe mir ein paar Gedanken gemacht, die ich Ihnen nicht verheimlichen möchte. Die Gedanken kamen mir beim Betrachten des Daches, und zwar genau in dem Moment, als über den Spalten, die sich in seinem abgedichteten Zustand erhalten haben, ein Flugzeug seine Bahn zog, vermutlich eine Lufthansamaschine, es konnte sich um die tägliche New York Maschine gehandelt haben, es war gegen Elf, und soweit ich mich erinnere, geht um diese Zeit eine dorthin, aber es war

nicht genau auszumachen, denn für exakte Flugzeug-
beobachtungen sind die Spalten leider zu schmal, sie
scheinen aber breit, auch lang genug zu sein, wie ja auch
schon bisher, allerdings in beschränktem Umfang
geschehen, um Speicher und meine darunterliegende
Wohnung, ein Umstand, auf den ich Sie immer wieder
aufmerksam machen möchte, gründlich zu durch-
feuchten.

Ich will nicht bestreiten, dass an manchen Stellen des
Daches zweifellos fachmännische Arbeit geleistet wurde,
nur frage ich mich, warum nicht an jenen, an denen sich
das Wasser hauptsächlich seinen Weg suchte und sucht.
Als Kind bin ich oftmals stundenlang im Gras gelegen
und habe vorbeiziehende Wolken am Himmel
beobachtet, habe geträumt mit ihnen davonzufliegen zu
der Insel, auf der Robinson Crusoe lebte oder zu den
Prärien Amerikas, auf denen federgeschmückte Rothäute
mit ihren Pferden verwegen Büffel jagten und
allabendlich ums Lagerfeuer saßen und dem Schlag der
Trommel lauschten. Ich meine, dass das Betrachten der
Wolken schöner ist, als ein Nachmittag vor Video-
bildschirmen in diesen hermetisch abgedichteten
Räumen der heutigen Vorstadtsiedlungen, die im Osten
Plattenbausiedlungen heißen, bei uns aber auch nicht
besser sind, doch das Dach meines Hauses gefällt mir
nicht, auch nicht die Möglichkeit, durch seine Löcher die
Wolken zu betrachten. Ich will allerdings nicht ver-
schweigen, dass man – ich vermute der Hausmeister, ich
konnte ihn inzwischen noch nicht sprechen, da er sich im
Urlaub hoffentlich erholt - gegen eventuell doch
eindringendes Wasser Vorsorge zu treffen suchte. Es
sind an vielen Stellen auf dem Speicher Planen ausge-

breitet, auch stehen an den strategischen Plätzen in den Ecken weiterhin leere Bierflaschen, die zielgerichtet Tropfen auffangen sollen.

Was die Planen vermögen, kann ich nicht recht beurteilen, ich habe zwei Deutungsmöglichkeiten für ihr Vorhandensein: zum einen, dem Hausmeister ist eine mir und auch in der wissenschaftlichen Literatur bisher nicht erwähnte Eigenschaft des Wassers aufgefallen, nämlich, dass Wasser sich wie rieselnder Sand verhält, dass, wenn es durch ein Loch auf eine Stelle rinnt, es sich zu einem Haufen - in diesem Fall einem Wasserhaufen - ein mir neues Wort - auftürmt und dort verweilt, bis man - ich hoffe der Hausmeister - ich habe nämlich langsam genug vom Schleppen, es wegbefördert. Ich will nicht grundsätzlich bestreiten, dass dies möglich sein kann, ich erinnere mich an flüchtige Beobachtungen bei einzelnen Wassertropfen, wo eine gewisse Spannung eine Wölbung geschehen läßt, auch ein Verheften und Verharren am Fleck, ich hatte allerdings nie die sicherlich für wissenschaftliche Beobachtungen notwendige Ausdauer, um daraus im größeren Rahmen Gesetze ableiten zu können, ich möchte aber vermuten, dass bei beträchtlichen Wassermengen, wie man sie bei Regenschauern beobachten kann (und wie wir sie leider diesem Sommer erleben müssen), doch kein Wasserhaufen entsteht. sondern eher ein Wasserfleck, und dieser dann wieder in meiner Wohnung. Trotzdem, warum sollte nicht der Laie, in - diesem Fall der Hausmeister - eine Entdeckung gemacht haben, die den Fachleuten bisher unbekannt war, man liest ja so oft von einer gewissen Blindheit der Wissenschaftler, und der Hausmeister hat immerhin eine zwanzigjährige Erfahrung in vielen Objekten.

Es gibt noch eine zweite Deutungsmöglichkeit, die für einen entwickelten Kunstsinn des von Ihnen für dieses Anwesen betrauten Hausmeisters spricht, es kann nämlich auch sein, dass er durch das Auslegen der Planen den Lauf des Wassers so lenken möchte, dass es an jenen Stellen durch die Decke zu meiner darunterliegenden Wohnung durchbricht, und an jenen Stellen Flecken ausbildet, die bisher verschont geblieben sind, so dass sie mit den schon vorhandenen eine gewisse Symmetrie ergeben. Nun ist Symmetrie in der Kunst, und da es sich in unserem Fall um ein Haus handelt, im eingeschränkten Sinne also in der Baukunst, eine Gestaltungsform, die nicht unbedingt mehr den Vorstellungen moderner Architekten entspricht, ich meine jetzt nicht die Gestalter dieser Betonklötze, die sich Mietshäuser nennen, sondern die Schöpfer der Bank- und Versicherungspaläste, der Villen, unserer Kirchenbauten und auch Kulturzentren, die unsere Herzen erfreuen.

Symmetrie weist eher in die Vergangenheit, wobei die wirklich großen Baumeister jener Epochen aber durchaus wussten, dass totale Symmetrie langweilig ist, weswegen sie stets ein paar Akzente setzten, bei denen ebendiese gebrochen wurde. Das Festhalten an solchen Vorstellungen zeigt den von Ihnen gewählten Hausmeister als jemanden, der offensichtlich das Alte bewahren will, ich bezweifle allerdings, ob er das von Ihnen verwaltete und von mir bewohnte Haus wegen seiner doch lückenhaften Kenntnis vor Schaden bewahrt.

Ihr Mieter

P.S. Am Freitag habe ich den Zugang zu meiner Wohnung gewährleistet, doch der Mann von der Firma Jalousiebau und Reparaturen ist nicht gekommen, sich den Schaden anzuschauen.

P.S. Auf meiner Reise habe ich mir zwei Bücher gekauft, einmal den Penguin Reader von Conan Doyle mit allen Sherlock Holmes Geschichten, aber den werde ich vorerst nicht lesen, sondern von Norman Mailer Acient Evenings. Dieser Roman spielt in Ägypten, dort regnet es weniger, und seit der Staudamm gebaut wurde, bleiben dort auch die Nilüberschwemmungen aus, eine sicherlich bedenkliche Erscheinung ökologisch gesehen, enger betrachtet und auf meine Wohnung bezogen, halte ich Überschwemmungen für nicht notwendig. Hoffentlich regnet es nicht, sonst müßte ich meine Harfe, in diesem Fall die Hoffnung auf ein ruhiges und gemütliches Heim, die ich wie jeder ordentliche Deutsche übrigens habe, in die Weiden des Nils hängen, falls Sie verstehen, welches Buch ich jetzt zuweilen auch wieder aufschlage und Rat suchend durchblättere!

Lieber Herr Hausverwalter,

schon aus der Anrede mögen Sie ersehen, dass ich zu Ihnen ein freundschaftliches Verhältnis suche, und keinen Streit wie Sie mir - ich muss es aufschreiben - unterstellen. Überhaupt habe ich gedacht, dass durch unser, wie ich annahm, jetzt oftmaliges Begegnen und miteinander Sprechen, sich eine angenehme Beziehung entwickeln könnte. Und jetzt Ihre barschen Worte und auch die Androhung eines Gerichtsverfahrens, also, ich bitte Sie, so kommen wir doch nicht weiter!

Ich möchte einen Neubeginn suchen und nutze dazu die kurzen Stunden, in denen es einmal nicht regnet, ich demnach nicht auf den Speicher muss etc., aber davon wollen wir jetzt nicht reden, überhaupt, es ist ein miserabler Sommer, ich meine, ich hab ja nicht erwartet, dass der diesjährige so wird, wie wir einen im letzten Jahr hatten, da wars nun doch ein bisschen zu heiß und zu trocken, ich wohnte ja damals schon unter diesem Dach, das leider jetzt undicht ist, und da staute sich die Hitze derart, dass wir an die fünfunddreißig Grad manchmal hatten, und in der Nacht ging die Temperatur höchstens um ein zwei Grad zurück. Damals bin ich mit der Taschenlampe in der Hand, was meine Frau doch recht beunruhigt hat, von einem Thermometer zum nächsten getaumelt, in der Hoffnung, es werde kühler, also da hab ich vielleicht geschwitzt, und kein Regen, ich weiß noch, wie ich in diesen Tagen die Wolken herbeigesehnt habe, die jetzt nicht weichen. Wir sind oft Baden gefahren, das kann ich natürlich augenblicklich nicht, einmal, weil kein Wetter zum Baden ist, und dann ja auch, weil ich immer aufpassen muss, dass bei Regen kein, oder wenigstens nur wenig, Wasser in meine Wohnung kommt. Ich rufe Sie auch prompt an, wenn wieder ein neuer Schaden entstanden ist, nicht, dass ich Sie belästigen will, es ist wegen der Versicherung, die alles bezahlen muss, und die bezahlt doch nur, wenn man ordentlich und rechtzeitig meldet.

Also heut hats mein Arbeitszimmer erwischt, offensichtlich sind die bisherigen Löcher im Dach derartig überlastet, dass sich das Wasser neue Wege suchen musste. Das kann ja heiter werden! Das müssen Sie auch dem Gutachter melden, der nun doch inzwischen da war, sogar aus Frankfurt ist der gekommen, weil die hiesigen überarbeitet sind. Blöd war, dass Sie ihm gesagt haben, dass Sie jetzt endlich Handwerker bestellen könnten, die Ihnen dann die Angebote machen sollen, mir hatten Sie doch die ganze Zeit erzählt, dass Sie schon seit Wochen sich um Handwerker bemühten, aber keine kriegten, weil Schaden in Milliardenhöhe sei und so, und alle zu tun hätten. Blöd, naja blöd, das war jetzt ein schnelles Wort, ungeschickt kann man auch sagen, aber ich sage Ihnen, auch den Al Capone hat man erwischt, zwar nur in Steuersachen, aber trotzdem, da hat er halt auch nicht aufgepaßt. Man muss immer hellwach sein, gerade in Ihrem Beruf. Ich will Sie nun nicht mit dem Al Capone vergleichen, und gewiß nicht seinen Beruf, wenn man das überhaupt einen Beruf nennen kann, mit dem Ihren, aber das fällt einem so ein.

Ich hab inzwischen gemerkt, dass Sie, zumindest was meine Worte und auch mein Schreiben angeht eine gewisse Sprachempfindlichkeit zeigen, ich werde weiter unten noch ausführen, dass es sich um eine Überempfindlichkeit handelt; in Ihren Reden kann ich die nicht so feststellen, ich meine, Sie wählen da doch manchmal recht - wie soll ich sagen – drastische Worte, die ich ja nun auch missverstehen könnte, wenn ich wollte, aber ich möchte es nicht, schon allein wegen unserer doch Beziehung und dem aufeinander ange-wiesen Sein, ich meine, der Lessing hat einmal geschrie-ben, die deutsche Sprak ist eine grobe Sprak, das hat er natürlich ein bisschen anders gemeint, als ich es jetzt auf ihre Sätze anwende, aber um des lieben Friedens willen. Über den Frieden könnte ich ja auch noch einiges sagen, nicht nur über den zwischen uns, sondern auch geopolitisch gesehen, aber das würde jetzt zu weit führen, und dabei kann man alt werden, Liebe ist nämlich möglich. Um nochmal auf Berufe zurückzukommen, also, was ich mache, das haben Sie ja gleich gesehen, als Sie meine Wohnung betraten, der Ihre ist mir in seinem Berufsbild nicht ganz erschlossen, ich möchte aber gerne mehr darüber erfahren, nicht, um zu wissen, was ich dann von Ihnen erwarten kann oder könnte, sondern, damit sich unsere persönliche Beziehung freundlicher gestaltet, und ich will auch nicht alles wissen, denn es ist notwendig, dass auch Geheimnis in der Welt bleibt, nur damit ich Sie besser verstehe; es soll nicht so sein wie bei den Amerikanern, die gleich im ersten Satz sagen, was sie verdienen, das ist mir zu albern.

In den Zeitungen liest man manchmal von krummen Geschäften und Betrügereien in Ihrem Gewerbe, das ist sicherlich sehr aufgebauscht und halt reißerisch dargestellt, manche meinen zwar, das sei nur die Spitze des Eisberges, aber ich glaube doch, dass es trotzdem eine große Anzahl von ordentlichen Leuten in Ihrem Beruf gibt, nur schreibt über die keiner. Die Presse hat eine gewisse Tendenz, und wenn die Leute, die da arbeiten, sich einmal auf etwas eingeschossen haben, da kommst du nicht wieder raus. Die wollen Sensationen, das ist denen wurscht, ob sie am nächsten Tag widerrufen müssen, und wenn man dann eine Gegendarstellung erzwingt, fügen die meistens noch den Absatz dazu, dass sie zum Abdruck der Erklärung laut

Pressegesetz verpflichtet seien, egal, ob sie wahr oder falsch sei, und dann schreiben sie in einem zweiten Zusatz meistens noch, dass sie recht gehabt hätten. Ich nehme nicht an, dass Sie zu den schwarzen Schafen in Ihrem Gewerbe gehören, und eben gerade deswegen möchte ich mehr erfahren. Vielleicht können wir einmal darüber sprechen, wenn Sie Zeit haben, bei mir ist es im Augenblick mit der Zeit ein bisschen schlecht, wegen des Regens, Sie wissen schon.

Aber jetzt zum Eigentlichen, warum ich Ihnen schreiben wollte, ich meine, das müssen Sie jetzt nicht missverstehen, ich brauche nicht unbedingt einen Anlass, um Ihnen einen Brief zu schreiben, ich hätte das vielleicht auch so gemacht, denn ich halte es für wichtig, dass in unserer Zeit die Menschen miteinander reden oder kommunizieren, wie man heutzutage sagt, ein Wort, das schon in seiner Gestalt ausdrückt, dass es sich bei seinem Inhalt um etwas handelt, was offensichtlich nicht so einfach ist, oder nicht mehr ist. Vielleicht hätte ich Ihnen auch so geschrieben, aber jetzt mache ich es, weil es notwendig ist, weil Sie mich falsch verstanden haben in meinem letzten Brief. Also Sie wollen zum Rechtsanwalt laufen und der soll mich wegen Beleidigung anklagen, weil ich in diesem Brief geschrieben hätte, Sie seien beschränkt, nicht geschrieben, aber dem Sinn nach gemeint. Das hab ich nicht geschrieben, und gemeint, ich bitte Sie, in dem Brief ist von der beschränkten Kommunikationsfähigkeit Ihres Telefonbeantworters die Rede, das stimmt doch, die ist doch auch beschränkt, denn wenn ich dem etwas sage, dann kann der doch nicht antworten, es sei denn, Sie hätten gewußt, was ich sage, und hätten vorher schon eine Antwort darauf gesprochen, aber dann hätte ich Ihnen ja vorher sagen müssen, was ich sagen würde, doch auch dann wäre es ein kurzes - nicht ganz so beschränktes Gespräch - weil, wenn ich wieder was sagen würde, hätte der dann abgeschaltet, weil seine Antwortkapazität erschöpft gewesen wäre. Ein erneuter Anruf hätte auch nichts genützt, weil auf dem Band immer das gleiche zu hören ist, folglich hätten wir immer nur den einen Satz wechseln können. Das ist doch beschränkt!

Nun hätten Sie natürlich zurückrufen können, was Sie aber nicht gemacht haben, dann hätten wir reden können, uneingeschränkt. Also noch einmal ganz langsam, damit Sie es verstehen und nicht gleich zum Anwalt rennen: nicht Sie sind beschränkt, sondern die Aufnahmekapazität, damit im weiteren Sinne die Kommunikationsfähigkeit Ihres Telephonbeantworters, nur das habe ich geschrieben. Doch damit will ich nichts gegen die Zweckmäßigkeit eines solchen, in dem Fall des Ihren Apparates gesagt haben, in Ihrem Beruf, auch in meinem, ich besitze ein ebensolches Gerät, ist er ganz nützlich, man kann angerufen werden, und wenn man nicht daheim ist, dem Anrufer etwas mitteilen, was man sonst nicht könnte, weil man ja das Telephon nicht abnehmen kann, wenn man nicht daheim ist. Und wenn der andere dann mehr wissen will, kann man den dann anrufen, wenn man wieder daheim ist und alles bereden. Die Voraussetzung ist natürlich, dass der dann daheim ist, sonst gehts nicht oder nur eingeschränkt, weil wenn der nun auch einen Beantworter hat, dann könnte man sich zwar satzweise weiterhelfen, aber mehr nicht, das ist dann so wie bei den Schachspielern, die vor einem

Schachbrett sitzen ohne Gegenüber und auf die Post
warten bis in einem Brief ein nächster Zug des Gegners
mitgeteilt wird, der manchmal hunderte von Kilometern
entfernt ebenfalls vor einem Schachbrett sitzt. Solche
Partien kann man natürlich nicht mit einem
Chronometer spielen, weil die dauern erfahrungsgemäß
sehr lange und wenn die Post das wahr macht mit dem
Zweiklassenbriefrecht, und, nachdem ich den
Postminister im Fernsehen mir angesehen habe, zweifle
ich nicht daran, denn bei den Berufspolitikern gibt es
keinen Irrsinn, den sie sich nicht bloß ausdenken,
sondern auch verwirklichen wollen, dann dauern die
unter Umständen in Zukunft noch länger, wenn man
nämlich die Briefe nicht erster Klasse verschickt, was
man vermutlich erst dann tun wird, wenn einem ein
besonders guter Zug gelungen ist, denn das kostet ja
mehr Zeit, und das ist das Geld, was einem die anderen
Minister mit ihrer Politik aus der Tasche gezogen haben.
Ich will damit nicht sagen, dass Schachspieler arme
Leute seien, die sich nichts leisten können, aber Schach
ist ein Gesellschaftsspiel, das von jung und alt gespielt
wird, von arm und reich, und zumindest die Ärmeren
und bei den Jüngeren die Lehrlinge, die keinen
vernünftigen Ausbildungsplatz haben und falls sie ihn
denn haben kaum Geld dafür kriegen, werden es sich
überlegen, ob sie einen solchen Brief erster Klasse
schicken, wenn sie es nicht tun, dann dauert das eben
länger. Solche Leute können sich dann auch meistens
kein Telephon leisten, damit sie den anderen anriefen,
was sich als Alternative anböte, es ist erwiesen, dass seit
Einführung des Telephons der Briefverkehr erheblich
zurückgegangen ist, die meisten Leute telefonieren
heute, drum macht die Post hier auch Gewinne, die aber

nicht an die Telephonbenutzer zurückgegeben, sondern zweckentfremdet werden. Jetzt sollen damit sogar diese seltsamen Kabelpläne verwirklicht werden, dann wird auch das Telephonieren teurer. Vielleicht schreiben die Leute bald wieder mehr Briefe, auf jeden Fall jetzt schreibt kaum noch jemand welche, sondern man telephoniert, und wenn man kein eigenes hat, muss man zu einer Telephonzelle gehen, aber die dortigen Apparate sind meistens kaputt, weil Rowdys ihr Unwesen treiben und die Reparaturdienste der Post mit dem Reparieren nicht nachkommen, zum andern hat man nie Kleingeld oder eine der merkwürdigen Karten zur Hand, die neuerdings zu kaufen sind. Ich hoffe, Ihr Telephon war zu dieser Zeit nicht kaputt, Rowdys werden ja wohl kaum in Ihre Wohnung kommen, und der Reparaturdienst kommt erfahrungsgemäß schneller zu Privatanschlüssen, weil die Rechnung muss der Telephoninhaber bezahlen und eine Telephonzelle hat ja keinen Inhaber, die gehört ja uns allen, wenn auch manchmal manche, wenn das Telephon drinnen nicht kaputt ist, so lange telephonieren, dass du meinst, die meinen diese Telephonzelle gehöre ihnen alleine.

Ich hoffe, Sie haben jetzt verstanden, dass ich nicht geschrieben habe, Sie seien beschränkt, und ziehen Ihre Anzeige zurück. Ich kann verstehen, wenn Sie verstanden haben, ich hätte geschrieben, Sie seien beschränkt, dass Sie sich dann geärgert haben, aber auch in einem solchen Fall hätte ich nicht den Weg zum Rechtsanwalt und später dann zum Gericht gewählt, stellen Sie sich vor, wie lange es dauern kann, bis es zu einem Prozeß kommt, Sie wissen doch, dass die Gerichte überlastet sind, und was meinen Sie, wie viele neue

Prozesse jetzt im Zuge des Hagelschadens auf die Gerichte zurollen, gegen Versicherungen, Hausbesitzer und Hausverwaltungen, wegen Verzögerung und wegen Betrug, weil einige haben sicher, und versuchen auch noch, auf dem Hagel ihr Süppchen zu kochen. Das kann Jahre dauern, drum wollen die ihre Verfahren auch immer vereinfachen, aber die Mühlen der Gerechtigkeit mahlen langsam, wie man weiß, und zudem darf man auch nicht den Fehler machen, dort Gerechtigkeit zu erwarten, man kriegt ein Urteil, das ist alles.

Die ganze Zeit mussten Sie den Ärger mit sich herumschleppen, sowas frißt sich fest, kann zu gesundheitlichen Störungen führen. Moderne Psychologen raten in solchen Fällen, dass man seine Wut herausschreit, gehen Sie in ein entlegenes Zimmer Ihrer Wohnung, ich habe Sie übrigens noch gar nicht gefragt, ob Sie auch vom Hagel betroffen sind, ich meine jetzt Ihre Wohnung, hoffentlich haben Sie noch ein Dach über dem Kopf und ich wünsche Ihnen auch, dass, wenn es bei Ihnen undicht ist, dass Sie dann wenigstens einen Hausverwalter haben, der schnellstens Handwerker besorgen kann, meiner kanns nicht, also im Fall, dass Sie kein Zimmer haben, wo Sie schreien können, dann sollten Sie sich in ihr Auto setzen und in einen nahen Wald fahren, vielleicht auch an das Ufer eines Sees, ich meine, in der Nähe unserer Heimatstadt finden sich so viele reizvolle Plätze, so dass sie demzufolge einen hohen Freizeitwert hat, dass alle anderen am liebsten hier wohnen würden, aber nicht können, denn einmal haben wir nicht soviel Platz und zum anderen sind die Mieten nicht unbedingt billig und die würden nicht sinken, wenn noch mehr kämen. Zwar soll es auch bei uns eine große Anzahl leerer Wohnungen geben, aber die kann sich bisher keiner leisten, so dass sie leer stehen müssen, aber das ist für die Besitzer nicht so schlimm, weil die können die Verluste, die sie durch die nicht vorhandenen Mieteinnahmen haben, die können ja auch nicht vorhanden sein, weil keiner drinnen wohnt, abschreiben: dergleichen kann man dem Finanzamt leicht nachweisen, während man ihm sonst nicht alles nachweisen kann. In dem Wald oder auch an dem See können Sie dann schreien, bis sich Ihre Wut verloren hat, dann werden Sie die Welt wieder neu und freundlich sehen, und ich hoffe auch freundliche Gedanken für mich haben.

Ihr Mieter

P.S. Ich hab den Sonnenschirm weggenommen, der auf dem Speicher aufgestellt war, denn das Wasser wurde durch ihn nicht zurückgehalten, sondern nur abgelenkt, wie es ja auch der Funktion eines Schirmes entspricht, ich meine, wenn man direkt darunter steht, bleibt man trocken, aber wenn man am Rande steht, erwischt es einen voll, Sie werden das kennen, wenn Sie Ihrer Frau den Schirm tragen und sie Sie nicht drunter läßt.

Nochmals Ihr Mieter

Sehr geehrter Herr Hausverwalter,

mein Radio ist kaputt. Dieser Regen! Wir sind also gestern Nacht eingeschlafen, und am Morgen sahen wir die Bescherung. Ich höre ja nicht viel Radio, meistens

Bayern Drei beim Frühstück, ab und zu am Samstag Nachmittag Fußballberichte, wenn ich nicht warten mag bis zur Sportschau, und darauf könnte ich, wenns sein muss verzichten. Es ist eine Kompaktanlage, der Plattenspieler und das Cassettendeck sind erheblich in Mitleidenschaft gezogen, das ist aber nicht so schlimm, weil wir nicht viele Platten haben, und die Cassetten kann ich mir auf einem kleinen Gerät, das ich zusätzlich besitze, anhören. Da ist die Qualität natürlich nicht ganz die, wie auf der Anlage. Anlage kann man nicht gerade sagen, eher Kleinanlage, ich habe sie mal von einem Freund gekauft, der hat bei der Firma gearbeitet, die sie herstellt, deswegen habe ich sie auch billiger bekommen, getaugt hat sie nicht viel, aber wahrscheinlich hätte ich sie nicht öfter benutzt, wenn sie besser gewesen wäre, mir gehts, wie den meisten Leuten, seitdem der Fernseher im Haus ist, kommt man nur noch selten zum Radiohören, dabei haben die manchmal ganz gute Programme, wie man den ausgewählten Programmvorschauen in den Zeitungen entnehmen kann. Beim Fernsehen wählen die nicht aus, da schreiben sie auch fünfminütige Sendungen rein, nur beim Radio, das rücken sie dann auch in eine Ecke, dabei gibts viel mehr Radioprogramme als Fernsehprogramme. Aber das kann mir ja jetzt vorläufig egal sein, weil mein Radio ist nun kaputt. Wenn der Fernseher kaputt wäre, dann könnte man sich ja am Abend wieder mehr um die Familie kümmern, unterhalten und Kartenspielen und so, das sehreiben die Psychologen immer, dass das Fernsehen das Familienleben kaputtmacht, weil die Leute abends immer vorm Fernseher sitzen, die Frauen gelangweilt und die Männer zunehmend besoffen, und nicht mehr miteinander reden, da sollen ja auch die Ehen dran kaputtgehen, aber die sehreiben auch, wenn man den Leuten den Fernseher wegnimmt, dann werden die entsetzlich nervös, die wissen gar nichts mehr mit dem Abend anzufangen, der Mann flüchtet abends ins Wirtshaus und die allein gelassene Frau geht morgens mit dem Briefträger fremd, und dann schreien sie sich an.

Den Fernseher haben wir noch. Beim Frühstück wird mir das Radio allerdings fehlen, Fernsehen ist ja erst am Abend, während der Olympiade wars auch am Morgen, aber die ist nun zu Ende und das normale Vormittagsprogramm beginnt wieder um Zehn und solange kann ich mit dem Frühstück nicht warten. Ich weiß, dass man mit dem Fernsehapparat auch Radio hören kann, das spielen sie sozusagen als scheue Erinnerung an vergangene Zeiten, aber wir frühstücken in der Küche und der Fernseher steht im Wohnzimmer, um da was in der Küche zu hören, müßten wir den Kasten so laut stellen, dass sich die Nachbarn sicherlich beschweren würden. Unser Haus ist ja nun ein bißchen hellhörig mit den vielen Löchern. Am Sonntag gehts, im Nebenhaus haben wir einen, der stellt dann sein Radio immer so laut, dass wir mithören können, allerdings hört er meistens die Gottesdienste, die übertragen werden, erst den katholischen und dann den evangelischen, wies halt grade ist, entweder ist das eine Mischehe, oder er will vergleichen. Man muss sich ja heutzutage informieren und dazu gehört, dass man vergleicht, das ist bei den Zeitungen genauso, man darf nicht nur eine lesen, weil die einseitig informiert, obwohl immer drüber steht, dass die überparteilich sind, deshalb ist es besser, wenn man noch eine liest, die auch überparteilich ist, dann kann man sich erst ein richtiges Bild machen. Beim Radio und beim Fernsehen ist das anders, die sind gezwungen ein ausgewogenes Programm zu machen, aber da gibt's Probleme, weil keiner weiß, was das ist, das heißt, manche wissen es schon, aber das wird von anderen wieder bestritten, wo man hinsieht, gibts Streit, auch bei uns beiden ja inzwischen, weswegen ich nun auch zu der etwas förmlicheren Anrede im Brief zurückgekehrt bin.

Meine Freunde meinen manchmal, dass es anbiedernde Züge hat, wenn ich immer zu jedem hingehe und sage, hallo du da, und nicht abwarte, bis der auf mich zukommt, aber du da habe ich zu Ihnen gar nicht gesagt, ich wollte nur, wenn wir jetzt soviel miteinander zu tun haben, wir uns auch verstehen, Sie haben doch auch immer betont, dass Ihre Schritte gegen mich nicht persönlich gemeint seien, auch als Sie gesagt haben, dass, wenn ich es nicht so mache, wie Sie es mir rieten, dann bekäme ich mit Ihnen Ärger, aber das sei nicht persönlich. Meine Schritte gegen Sie sind auch nicht persönlich. Ich kenne Sie ja kaum.

Den Handwerker haben Sie übrigens noch nicht vorbeigeschickt, der das Dach reparieren soll, sonst könnte ich mit dem reden und ihm Grüße an Sie ausrichten lassen, wenn er mal bei Ihnen vorbeikommt. Früher, wenn man da zehn Kilometer voneinander entfernt gewohnt hat, dann sah man einander freilich seltener, weil noch vor zweihundert Jahren gingen die Leute meistens zu Fuß. Ein paar hatten Pferde und ritten, dann gab es noch Postkutschen und auch Fuhrwerke, auf denen man zwischen Hühnern, Gänsen und Schweinen saß und der Weg, den man da zurücklegen musste, war meistens in schlechten Zustand, dass es beinahe eine Tagesreise war, aber heute, wo alle Leute ein Auto haben, ist das eine Angelegenheit von einer halben Stunde, an den Tagen mit hohem Verkehrsaufkommen kann man ja mit dem MVV fahren, manchmal geht es mit S und U Bahn schneller als mit dem Auto und wir wohnen gleich an einer S-Bahnstation. Ich weiß nicht genau, wo Sie wohnen, aber selbst, wenn Sie noch den Bus nehmen müßten, wäre es nicht so schlimm, der MVV befördert jeden Monat Hunderttausende von Fahrgästen und denen macht es auch nichts aus, ob Sie da auch noch mitfahren. Vielleicht, dass Sie keinen Sitzplatz bekommen, aber einen Stehplatz gibt's immer, es sei denn zwei Radfahrer, die bei uns Radler heißen, blockieren alles, aber die dürfen in den Stoßzeiten nicht fahren, also wenn Sie denen ausweichen wollen müssen Sie in den Stoßzeiten fahren, da kriegen Sie zwar auch keinen Sitzplatz, aber Sie werden von denen nicht blockiert, so dass Sie stehen können.

Während der Fahrt können Sie beispielsweise Zeitung lesen oder in einem guten Buch blättern, dergleichen können Sie im Auto nicht, wenn Sie selber fahren, und einen Fahrer haben Sie ja nicht. Ich weiß nicht, ob Ihre Frau Sie manchmal fährt, in diesem Fall könnten Sie lesen, aber, die wird dann sicherlich mit Ihnen sprechen wollen, denn so oft werden Sie Ihre Familie ja auch nicht sehen in Ihrem Beruf. Reden könnten Sie natürlich auch mit anderen Fahrgästen, wenn Sie den MVV benutzten, obwohl ich das nicht oft beobachtet habe, dass die Leute miteinander reden, die meisten schauen vor sich hin, vielleicht wären sie ganz froh, wenn sie einer anreden würde. Ich mache das ja nicht, ich fahre aber auch selten mit dem MVV, und seit ich verheiratet bin, spreche ich auch kaum fremde Frauen an, obwohl manchmal, früher, als ich jeden Morgen mit der Straßenbahn in die Schule gefahren bin, gabs da ein Mädchen, nur ich hab mich nicht getraut, dabei hab ich immer versucht, die gleiche Straßenbahn zu erwischen. Sie hat mich auch nicht angesprochen, obwohl ichs gewollt hätte, das meine ich ja, vielleicht sind Sie da anders. Sind Sie überhaupt verheiratet?

Meine Frau hab ich übrigens nicht in der Straßenbahn kennengelernt, die hört auch nicht viel Radio, der Plattenspieler wird ihr halt abgehen, sie hat ihn öfter eingeschaltet als ich. Früher ist sie in die Oper gegangen, das könnten wir ja vielleicht jetzt auch mal machen, aber das ist halt schwierig mit den Kindern und wenns regnet, man kann doch von jemanden, der auf die Kinder aufpassen soll, nicht auch noch erwarten, dass er oder sie, meistens sind das ja Studentinnen, auch noch darauf achtet, dass die Wohnung nicht unter Wasser steht, und ob die einen aus der Vorstellung holen, wenn man angerufen wird, ich meine, das ist so, wie mit den Reiserufen auf Bayern Drei, die nehmen doch auch nur die an, bei denen es ganz schlimm ist, sonst könnte sich ja dauernd jemand rufen lassen, wies ihm gerade paßt, und höchstwahrscheinlich auch noch grüßen, dafür haben die diese Glückwunschsendungen und so.

Manchmal sagen die Leute auch in anderen Sendungen Grüße, das ist für mich immer irgendwie peinlich, weil die meist nicht richtig grüßen, sie grüßen oft alle ihre Freunde, und die werden ja wohl kaum alle zuhören, weswegen das ja eigentlich sinnlos ist, aber das ist eben das Problem mit dem Radio, das ist auch eine in nur eine Richtung stattfindende Kommunikationsform, und das Feed back ist unbefriedigend, das sagen ja auch die Experten. Dass jemand dergleichen mal über Telephonbeantworter gesagt hätte, ist mir nicht bekannt. Insofern bin ich der erste, der so was sagt. Wahrscheinlich haben Sie es deswegen auch mißverstanden, denn wenn jemand das schon gesagt hätte, wüßten Sie sicher Bescheid und hätten die Beschränktheit nicht auf sich bezogen. Vielleicht ändert sich das mit der Beschränktheit ja auch wenn die Kabelpläne verwirklicht werden und wenn sich die Computerleute der Sache annehmen. Es wäre denkbar, dass die Beantworter entwickeln, die mehr als nur stur einen Satz sagen können, sondern sozusagen flexibel antworten, ja nachdem in welcher Art man sie anredet. Bei den neuen Schreibmaschinen gibt es ja sowas schon in Ansätzen, da tippst du bloß die sich ändernden Daten ein und der Automat schreibt dann den Brief. Das macht in vielen Fällen die Sekretärin überflüssig, weswegen die nun ein neues Berufsbild suchen. Da die meisten Telephonate auch recht standarisiert sind, ich meine, man sollte bei Beschreibung dieses Umstandes schon Fremdwörter benutzen, weil es sich besser und bedeutender anhört oder liest als eintönig oder wenn man es drastischer sagen will überflüssig bis bescheuert, solche Gespräche konnte dann der Automat führen, anfangs nur in geschäftlichen Bereichen, aber es wird sich nicht vermeiden lassen, dass der Fortschritt auch ins Private eindringt, wo ja auch viele Anrufe bescheidenen Charakter haben. Diese könnte der Automat übernehmen. Das muss sich nicht auf die

Beantwortung eines Anrufes beschränken, es läßt sich denken, dass der Automat den Anruf gänzlich übernimmt, womit endlich viel an lästiger Telephoniererei wegfiele, über die sich die Leute ja schon heute oft beklagen. Man kann hier sehen, wie die neue Computertechnik dem Menschen Freiheit gibt, denn wenn er nicht mehr anrufen, noch Anrufe beantworten muss, kann er in dieser Zeit anderen Dingen nachgehen. Zum Beispiel könnte er, wenn wir das jetzt mal im Privaten betrachten, in der Zeit, die er sonst am Telephon verbrächte, um Freundin oder Eltern oder wen auch immer anzurufen, vielleicht den oder dieselben selbst aufsuchen und mit ihnen von Angesicht zu Angesicht reden. Ich meine, solche Gespräche fehlen heutzutage. Und sollte dann der Gesprächsstoff ausgehen oder sollte man dann in den Situationen zu dem Schluss kommen, dass man mit denen nicht reden kann, was man sich schon immer gedacht hat, und weil man jetzt da ist, nicht einfach gehen kann, also die Situation eintreten, bei der man sonst beim Telephonieren mit einem „ach weißt du, meine Kartoffeln kochen gerade, ich muss jetzt Schluss machen", das ist jetzt ein gutes Beispiel, weil keiner wird Kartoffeln mitbringen, die er beim Besuchten kocht, also wenn man im Gespräch keinen Schluss noch eine Fortsetzung findet, so könnte man auf die Toilette gehen und auf dem Weg dorthin, schnell den Telephonhörer nehmen und hören, was die Automaten einander gerade sagen. Vielleicht findet man da eine Anregung für den weiteren Verlauf des Gesprächs.

Es ist anzunehmen, dass sich durch die Besuche überhaupt manches lichtet, man stellt fest, mit wem man nicht mehr reden kann und auch mit wem man vielleicht viel mehr reden kann, als man vorher annahm, dadurch wird der Gang zur Toilette und im Vorbeigehen der Griff zum Hörer, immer seltener werden, am Ende kann er ganz überflüssig sein. Dann kann man die Automaten noch eine Zeitlang ihre Gespräche führen lassen. Aber eigentlich sind sie dann auch überflüssig und man könnte sie abschaffen. Auf ihren Platz könnte man eine Blumenvase stellen, denn manchmal werden Sie ja Blumen mitbringen, wenn Sie jemanden besuchen. Aus dieser Gedankenfolge können Sie sehen, wie der Fortschritt unser Leben verändern kann. Ich muss in diesem Fall dem Betriebsratvorsitzenden einer Rüstungsfirma recht geben, der im Fernsehen sagte, dass wir uns aus moralischen Gründen dem Fortschritt nicht in den Weg stellen sollten, wenn wir nicht einmal auf dem letzten Loch pfeifen wollten. Ich bin allerdings nicht sicher, ob ers auch so gemeint hat, wie ich es verstehe, aber die Gewerkschaftsleute müssen die Dinge immer erst mal enger sehen, weil sie ja für ihre Mitglieder reden müssen und auch vorsichtig, damit mögliche große Gedanken, wenn sie solche denn haben, nicht gleich scheitern an den beschränkten Sichtweisen und Vorstellungen ihrer Mitglieder, die austreten, weil sie sich nicht richtig vertreten finden.

Wie sich die Probleme beim zukünftigen Radio lösen lassen, da hab ich noch keine Vorstellung. Theoretisch kann man ja dort auch zurückreden, nur weiß ich nicht, ob die sich beim Radio viel sagen lassen. Hier könnte vielleicht das Kabel Abhilfe schaffen und bis das mit dem soweit ist, wird mein Radio vielleicht wieder repariert sein, es ist ja nicht so groß, wie das Dach, und die Reparatur auch nicht so umfangreich.

Übrigens der gestrige Regen hat auch am Dach Schaden angerichtet, ein Balken steht total im Wasser, zumindest den werden Sie auswechseln müssen, weil der fault nun vor sich hin. Der Dachstuhl hätte ja nun schon lange ausgebessert gehört, ich meine, man hätte noch etwas warten können, aber jetzt ist das wohl kaum mehr möglich, wenn da nicht alles zusammenfallen soll. Das wird der Dachdecker kaum machen, weswegen Sie auch Zimmerleute bestellen sollten, vielleicht sind die nicht so ausgelastet, dass die eher einen Auftrag annehmen können und erst einmal den Dachstuhl erneuern. Es wäre ja auch ungeschickt, wenn erst die Dachdecker das Dach decken und dann die Zimmerleute den Dachstuhl einreißen müssen und neu aufbauen. Ein Dach hält ja nicht ohne Dachstuhl. Heutzutage muss man sich nach den Terminen der Handwerker richten. Ich muss jetzt zum Telephon gehen, das läutet gerade. Das Telephon bei mir funktioniert noch.

Ihr Mieter

P.S. Heute weiß ich keinen Zusatz, außer dass ich Ihnen sagen kann, dass es schon wieder anfängt zu regnen. Den Sommer kannste wirklich vergessen. Obwohl man sollte keinen Augenblicks des Lebens einfach vergessen, denn wenn man ihn nicht vergißt, könnte man Jahre später sich daran erinnern und im Kreis von Freunden davon erzählen, was nicht möglich wäre, wenn man ihn vergessen hätte.

An die Hausverwaltung

Anton Pfeifer

betr.: Dachschaden und Beleidigung

Sehr geehrter Herr Pfeifer,

das ist ja wohl der Witz, dass Sie mich jetzt doch wegen Beleidigung angezeigt haben. Schon in meinem letzten Brief, den Sie wohl hoffentlich gelesen haben, ich meine, die Anrufe auf Ihren Telephonbeantworter beantworten Sie ja auch nicht, aber anhören werden Sie sie vielleicht, und demzufolge auch Ihre Briefe lesen, wenn Sie die schon nicht beantworten, oder nur auf diese Weise, die Sie jetzt gewählt haben. Ich habe Ihnen in diesem Brief erklärt, dass ich geschrieben hätte, nicht Sie, sondern die Kommunikationsfähigkeit Ihres Beantworters sei beschränkt und dabei bleibts.

Ich habe die Angelegenheit meinem Rechtsanwalt übergeben, der wird erklären, wer oder was jetzt beschränkt ist.

Zweitens: diese zwanzig Prozent Mietnachlaß, die ich von Ihnen erwarte, entsprechen noch nicht einmal dem Stand der heutigen Rechtssprechung, da hätte ich schon nach der Rückkehr von meiner Reise fünfundzwanzig Prozent verlangen können - darüber gibt es ein Urteil des Landgerichtes Aachen - und da gab es keinen Hagelschaden, zumindest haben die Zeitungen nicht darüber geschrieben, und die schreiben über alles, wenn es nur eine Schlagzeile wert ist - und seitdem ist laufend weiter Wasser in meine Wohnung gekommen, dass wir inzwischen bei fünfzig Prozent angelangt sein könnten, und wenn wir noch ein paar Tage oder Wochen warten, dann gibt es gar keine Wohnung mehr, und ich könnte dann hundert Prozent beantragen, aber wenn es keine Wohnung mehr gibt, kann ich ja auch nicht drinnen wohnen und nichts mehr beantragen und das ist wahrscheinlich Ihre Absicht, aber den Gefallen werde ich Ihnen nicht tun.

Hochachtungsvoll

Ihr Mieter

Anlage: Widerspruch

Sehr geehrter Herr Hausverwalter Pfeifer,

da bin ich aber jetzt froh, dass juristische Klarheit zwischen uns herrscht, das mit den zwanzig Prozent haben Sie ja auch akzeptierte müssen, ich meine, ich habe von fünfzig Prozent geschrieben, aber das war für mich eher ein Gedankenspiel, wissen Sie, wir nutzen die Wohnung ja auch nicht mehr zu hundert Prozent, ich bin zwar meistens da, weil ich ja aufpassen muss, dass nicht noch mehr Schaden entsteht, aber ich sitze nur im Arbeitszimmer das hat auch Flecken, aber die sind nicht so schlimm, weil sie in der Decke sind, und mich eigentlich nicht sonderlich stören, und die Miete für das Arbeitszimmer, Sie wissen ja, dass wir es später dazugemietet haben, beträgt nur ca 8 % der Gesamtmiete.

Meine Frau und die Kinder gehen jetzt viel spazieren, das heißt, sie sind auch nicht oft in der Wohnung. Sie werden nun sagen, bei dem Wetter spazieren, draußen ist es doch naß und es regnet, das stimmt, aber drinnen ist auch nicht alles trocken und dann stinkt es, ich meine, da bilden sich jetzt Schimmel und auch Pilze. Sie haben mir freilich gleich gesagt, da müßte man jetzt richtig durchlüften, aber das ist schwierig, draußen ist es genauso naß wie drinnen, noch nässer, weil drinnen regnet es nicht, da sickert das Wasser nur, und da nützt halt das Lüften verdammt wenig. Und nachts schlafen wir, ich meine, wenn es nicht zu stark regnet, denn dann muss zumindest ich mich um die Eimer und Wannen auf dem Speicher kümmern, aber zu dieser Zeit bin ich eigentlich auch nicht in der Wohnung, sondern auf dem Speicher, kann also schlecht Mietreduzierung verlangen, weil den Speicher habe ich gar nicht gemietet, der gehört zum Haus, den kriegt man sozusagen mitgeliefert, wenn man in dem Haus eine Wohnung mietet. Das war zumindest früher so, bei den heutigen Neubauten gibt's sowas kaum noch; wenn man da einen Speicher will, muss man einen im Nebenhaus mieten, wenns da einen gibt und jemand den ihn vermietet, weil er ihn nicht braucht, denn erfahrungsgemäß sind die Altbauwohnungen größer als die im Neubau, dafür haben sie allerdings keine Garagen, was die Neubauten wiederum haben, und in die Garagen kann man zur Not natürlich auch was stellen, wenns keine offenen Stellplätze sind, die in den letzten Jahren bevorzugt gebaut werden. Da kann man dann alles Mögliche unterbringen, wenn das Auto nicht zu groß ist und den ganzen Platz wegnimmt.

Der Trend soll freilich wieder zu großen Autos gehen, eine mir unverständliche Entwicklung, die ich mir nur dadurch erklären kann, dass die Autoindustrie hier bei den Personenautos Pläne verfolgt, die sie bei den Lkw schon verwirklicht hat, dass nämlich ähnlich dieser Just in time – Geschichte, bei der die Firmen ihre Warenlager auf die Straße verlegt haben, weil hohe Lagerkosten ihre Gewinne schmälern, nun die Privatfahrer in ihre Autos umziehen sollen um Mietkosten zu sparen. Das scheint mir aber eine ziemlich blödsinnige Entwicklung, die hoffentlich nicht weiter verfolgt wird. Ich meine, es gibt ein paar Studenten, die in ihren Autos wohnen, weil sie sich kein Zimmer leisten können, aber man kann doch nicht alle Menschen zu Studenten machen, obgleich ich sagen darf, ein bisschen mehr Bildung könnte unserem Land nicht schaden.

Also die zwanzig Prozent sind ein Anfang. Das mit der Beleidigung hat das Gericht auch niedergeschlagen, das Wort gefällt mir übrigens gut, weil ich mir dann vorstellen kann, wie der Richter aufsteht und das Anliegen oder den Vorwurf tatsächlich niederschlägt. Ich mag auch Radioberichte, in denen es heißt, dass unsere Politiker stundenlang um die Lösung eines Problems gerungen haben. Solche Berichte sind sehr anschaulich, ich sehe sie tatsächlich ringen, schwitzen und sich ineinander verkeilen, bis dann einer oder ein paar auf der Wallstatt übrig bleiben. Das ist schon toll, und hier zeigt sich das Radio dem Fernsehen überlegen, denn dort werden nur Bilder von leeren Parlamenten gezeigt in denen angeblich gerungen wird, was aber nicht sichtbar ist. Vielleicht sind die, die nicht drinnen sitzen, irgendwo anders beim Ringen, im Parlamentskeller oder so, doch davon gibt es keine Aufnahmen. Das ist schade.

Ich hoffe aber, dass Ihre Beleidigungsklage gegen mich nicht wegen Nichtigkeit oder wie das juristisch heißt, niedergeschlagen wurde, denn wenn ich gesagt hätte, Sie seien beschränkt, dann wäre das ja keine Nichtigkeit, so was braucht man sich nicht gefallen lassen, ich an Ihrer Stelle wäre dann auch vor Gericht gegangen, denn so was darf keiner zu einem sagen, ich meine, schon wenn man zu einer Politesse, die einen unvorschriftsmäßig geparkten Wagen aufschreibt, obwohl der Halter vielleicht wirklich keinen Parkplatz gefunden hat, weils in den Städten zu wenige gibt, und die Autoindustrie allen einredet, dass sie ein Auto haben müssen, wenn man zu der also Wegelagerer sagt, kostet das unheimlich viel Geld, stellen Sie sich jetzt einmal vor, jemand sagt auch noch beschränkter Wegelagerer, das würde noch viel teurer. Am besten man sagt gar nichts mehr. Ich meine, man kann schon miteinander reden, aber man sollte die Form wahren. Ich bin froh, dass sich bei uns das Blatt zum Guten wendet.

Ihr Mieter

Sehr geehrter Herr Hausverwalter!

endlich scheint die Sonne, schon gestern kaum noch Wolken am Himmel und heute morgen, ich traute meinen Augen nicht, ein Blau, ein Blau, das bis hinter den Horizont hinausreicht, man kann sich nicht satt sehen, ich stand an der Balkontür und war bezaubert, weiter konnte ich ja nicht gehen, denn der Balkon ist gestern hinuntergestürzt, nicht der ganze, das Eisengitter und ein paar Reste von dem Boden sind noch vorhanden, aber in der Mitte ist ein Loch, das liegt jetzt im Hof, der Teil, der vorher in dem Loch war. Wir haben noch Glück gehabt, dass die Hausmeisterin auf ihrem Balkon, der ist ja direkt unter meinen, ihren Wäscheständer mit der Wäsche aufgestellt hatte, der hat den Aufprall gebremst, sonst hätte der Teil von meinem Balkon vielleicht auch den vom Hausmeister mit in die Tiefe gerissen, so konnte die Wäsche dämpfen, die ist natürlich hin, mein Teil ist zerborsten und anschließend weiter hinab gefallen. Der Hausmeister parkt neuerdings am Wochenende sein Auto im Hof, weil er von der Firma im Erdgeschoß die Erlaubnis dazu hat, denn draußen auf der Straße werden öfters die Autos beschädigt, Antennen abgebrochen, Spiegel und so, am meinem hat noch nie was gefehlt, aber dem Hausmeister ist das schon mal passiert, damals hat das noch die Versicherung ersetzt, neuerdings mit dieser Selbstbeteiligung machen die das nicht mehr, wenn man nicht höhere Beiträge zahlt, weil da so viel Betrügereien vorkamen. Wenn die Leute einen neuen Spiegel oder eine Antenne brauchten, haben sie einfach ihre alten abgebrochen. Das waren aber noch harmlose Fälle, manche ließen sich gleich das ganze Auto klauen, wenn sie ein neues brauchten, das lohnt sich auch heute noch, wenn man nicht erwischt wird, weil die ziehen ja nur dreihundert Mark ab und den Rest kriegt man dann. Bei einem Spiegel rentiert sich das nicht, weil der ja keine dreihundert Mark kostet, und soviel Spiegel kann man gar nicht am Auto haben, dass die Summe erreicht wird, nehmen wir an, man käme trotzdem auf dreihundert fünf, warum soll nicht auch mal einer eine solche Anzahl Spiegel am Auto haben, manche haben ja auch eine Unzahl von Scheinwerfern dran, oder diese sirenenartigen Hupen, die allerdings verboten sind, und die alle abgerissen worden wären, dann würden die dann fünf Mark kriegen, dafür kriegen sie aber keinen neuen Spiegel, weil der mehr kostet.

Der Hausmeister braucht aber auch keinen, ein Brocken von meinem Balkon hat an seinem Auto nämlich nicht den Spiegel abgeschlagen, sondern das Dach demoliert und die vordere Windschutzscheibe zersplittert. Ich hab ihm gesagt, das ist nicht schlimm, das zahlt die Versicherung, wenn Sie Teilkasko versichert sind, die ziehen nur dreihundert Mark ab, und vielleicht wird das als Totalschaden eingeschätzt, da kriegen Sie noch mehr. Aber seine Versicherung zahlt nicht, weil er schon einen Totalschaden hat, und das hängt mit dem Hagel zusammen, er hatte ja auch einen Hagelschaden, und da hat sich der Gutachter sein verbeultes Auto angesehen und einen Totalschaden festgestellt, Restwert Null, und weil das Auto null Wert hat, zahlen die nicht, das verstehe ich schon.

Mein Auto hat übrigens auch null Wert, aber mit dem kann ich noch fahren, weil mich die Dellen vom Hagel nicht stören, im Gegenteil, wenn man weiter weg fährt, fragen einen die Leute immer interessiert, woher die Dellen kommen, woraufhin ich von dem Unwetter erzählen kann und von den anderen angeschaut werde, als sei ich selber mitten drinnen gestanden, dabei war ich ja zumindest unter einem sicherem Dach, damals wars jedenfalls noch sicher, wenn noch mal jetzt so ein Hagel käme, weiß ich nicht, wie sichers dann wäre, weils ja noch kaputt ist von dem letzten Hagel, der das Auto vom Hausmeister auf null Wert zurückgetrommelt hat, wenn ich so sagen kann.

Der Hausmeister war stocksauer und hat sofort versucht, Sie anzurufen, aber das ging nicht, weil Sie den Telephonbeantworter eingeschaltet hatten, übrigens schon seit Freitag, das weiß ich, weil ich Sie am Freitag Abend anrufen wollte, als es so stark regnete, und da der Beantworter gleich abgeschaltet hat, weil die Aufnahmekapazität erschöpft war, da haben Sie aber lange nicht abgehört, wahrscheinlich hat Sie ein Haufen Leute angerufen, die auch in so löchrigen Häusern sitzen wie wir, und mit den Folgen des Regens nicht fertig werden. Zwischen dem Regen hat in den letzten Tagen manchmal die Sonne geschienen, ich nehme an, das ist auch der Grund, warum mein Balkon runter gefallen ist, Nässe, dann Hitze, das hat der Boden nicht mehr ausgehalten. Sie haben ja schon vor zwei Jahren in einem Brief geschrieben, dass Sie es den Mietern in unserem Haus untersagen, die Balkone zu betreten, weil die einsturzgefährdet sind, einige sind auch abgerissen worden, der von mir und der vom Hausmeister ist geblieben, weil die damals nicht so einsturzgefährdet waren wie die anderen. Wir haben seinerzeit alle gehofft, dass wir rasch neue Balkone bekämen, allzumal Sie ja bei Mieterhöhungen immer Vergleichswohnungen angeben, bei denen oder an denen noch Balkone hängen. Das ist dann in Vergessenheit geraten, bei uns auch, deswegen hab ich ja auch meinen Kindern erlaubt, auf den Balkon zu gehen, weil die ja kein Gewicht haben, und eher der Balkon alleine runter fällt, als mit ihnen, ich selber bin nicht mehr auf den Balkon und den Kindern habe ich es jüngst auch verboten, weil ich mir schon gedacht habe, dass der Balkon das Wetter nicht mehr lange aushält. Den müssen sie jetzt auf jeden Fall reparieren lassen.

Der Hausmeister meint ja, dass Sie, also Ihre Versicherung auch was für das Auto zahlt aber da bin ich nicht so sicher, die Versicherungen tauschen gewiß die Daten aus, und wenn sein Auto bei der einen null Wert hat, dann wirds auch bei der anderen keinen Wert mehr haben, Wenn man das Auto jetzt so betrachtet, hat es ja tatsächlich keinen Wert mehr, er kann froh sein, wenn ein Schrotthändler das umsonst abholt, sonst muss er unter Umständen auch noch Verschrottungskosten bezahlen. Aber vielleicht können Sie ihm was für die Wäsche geben, die ist auf jeden Fall auch hin, allerdings haben Sie in dem damaligen Brief geschrieben, dass Sie für keinen Schaden aufkommen, aber das ist sicherlich auch bei der Hausmeisterin in Vergessenheit geraten, denn sonst hätte sie keinen Wäschetrockner samt Wäsche dort aufgestellt, und es ist gut, dass sie ihn hingestellt hat, denn ohne ihn wäre sein Balkon auch hin, so sind nur die Gitter verbeult, und das ist nicht schlimm, weil er ja ohnehin abgerissen werden muss, und wenn Sie dann mal neue Balkone anbringen lassen, werden Sie ja nicht die alten Gitter nehmen, dann bräuchten Sie die ja nicht vorher abreißen.

Damals, als Sie den Brief geschrieben haben, haben wir ja alle gehofft, dass mit den Baikonen, die so alt waren, wie das Haus, auch die elektrischen Leitungen neu verlegt würden. In meiner Wohnung hab ich das selber gemacht, weil die alten hatten teilweise überhaupt keine Isolierung mehr, und Sie haben mir selber einmal gesagt, wie Zimmer nach Wohnungsbränden aussähen, und ich hätte doch Kinder. Die meisten anderen Mieter werden es auch gemacht haben, Probleme bestehen nur noch bei denen im Flur, weil dort müßte es die Hausverwaltung machen, wenn es die Mieter nicht machen, wie das ja auch beim Treppenputzen der Fall ist, da machen wir auch nur den Teil, der vor der Wohnungstür ist und keiner putzt die Treppe von unten nach oben, demzufolge wird wohl auch keiner alle Leitungen im Flur machen wollen, aber auch in seinen Abschnitt hat noch keiner angefangen, wir warten da alle auf Sie, und nachdem die Feuerpolizei hier war und festgestellt hat, dass es bei Bränden keinen Fluchtweg gibt, weil das hölzerne Treppenhaus vermutlich schnell Feuer fangen wird, haben Sie doch auch die Auflage, eine Feuertreppe zu bauen, und das war schon vor mehr als einem Jahr. Seitdem sind ja wenigstens die Badezimmerfenster zum Flur zugemauert worden, damit hier kein Zug entsteht, wenn auch noch nicht verputzt, aber das kommt sicher noch. Bei mir kam weniger Zug durch das Badezimmerfester, das war dicht, sondern eher durch die Eingangstür, aber da habe ich für den Winter einen Vorhang angebracht, damit ich nicht das ganze Haus heizen muss. Sie wissen ja, dass das nicht die einzige Tür ist, die nicht ordentlich schließt, eigentlich ist es bei allen Türen der Fall und auch bei den Fenstern. Das wollte ich ja auch repariert haben, doch Sie halten das gar nicht für gut, und haben mir gesagt, ich solle froh sein, dass nicht alles so hermetisch abgedichtet sei, wie in manchen Neubauten, in allen konnten Sie ja nicht sagen.

Ein Freund von mir wohnt in Perlach und bei dem ziehts auch, weil die beim Bauen die falschen Fenster eingesetzt haben, oder die falschem Löcher für die

richtigen Fenster gelassen haben, die sie dann notdürftig abgedichtet haben, aber seine Kinder haben die
Risse, die sich beim Austrocknen bildeten, so vergrößert,
dass Löcher entstanden. So sind Kinder nun einmal, sie
erkunden und erforschen ihre kleine Welt und wollen
halt wissen, was in der Wand drinnen ist. Gewiß werden
sie auch schon einmal als Kind einen Maikäfer
zerschnitten haben. Ich erinnere mich an einen
Kinderfreund, der heute gegen die weit verbreitete
Unsitte der Raucherei wettert, der Ursprung dieser
Haltung läßt sich vermutlich darin finden, dass er als
Kind Experimente mit Kröten machte, er schob ihnen
eine brennende Zigarette ins Maul und wartete darauf
was geschah. Die sind explodiert, stellen Sie sich das mal
vor!

Heutige Kinder, in dem Fall die meines Freundes, wirken
da eher harmlos bei ihren Mauererkundungen. Er hat
versucht alles zu verspachteln, aber er findet immer
wieder neue Löcher, obgleich er den Kindern
nachdrücklich verboten hat, weiter zu stochern. Ihn
ärgern einfach die Löcher an seinen Fenstern und seine
Hausverwaltung will partout nichts machen, weil sie sich
nicht verantwortlich fühlt, was aber meiner Meinung
nach nicht ganz korrekt ist.

Sie halten ja solche Löcher für gut, weil dann die Luft
nicht so stickig sei und besser zirkuliere, sich austausche,
und weil sich dann auch keine Pilze bildeten und so,
durch den Hagel sind natürlich jetzt welche entstanden,
aber solchen Hagel konnten Sie ja damals nicht
vorhersehen.

Vielleicht können wir das jetzt noch mal neu bereden und Sie ändern Ihre Meinung, also mir wärs recht, allein schon wegen der Heizkosten. In den letzten Jahren schreiben die Experten doch immer, dass man Energie sparen solle, weil sonst bald alles untergehe, und die beste Methode sei, weniger zu verbrauchen, und verbrauchen würde man weniger, wenn man ein Haus richtig isoliere, die meisten Leute hauten ihr Geld zum Fenster raus und heizten die Straßen. Ich leider auch. Also das ist Blödsinn, warum soll man die Straßen heizen? Die gehören repariert und ausgebessert, wie unser Haus.

Ihr Mieter

Lieber Toni,

das war eine feuchtfröhliche Nacht, die ich nie vergessen werde, schade, dass ihr Ende für Dich so unerfreulich war, auch ich hatte keinen leichten Stand, in jeder Hinsicht, der Nebel hatte sich zwar am nächsten Vormittag ein wenig gelichtet, aber dafür schwebten dunkle Wolken über dem Haupte meines Weibes, zumindest in dieser Hinsicht hast Du es besser, sei froh, ich sage es Dir. Glücklicherweise hatte ich alle Bescheinigungen und auch die Anzeige, die ich gemacht habe, die müssen wir noch mal absprechen, die auf der Wache haben gemeint, Du sollst so bald als möglich hinkommen und auch eine Aussage machen, viel Hoffnungen wollten sie Dir aber nicht machen, solche Sachen sind ihnen bekannt. Ich hab Dir ja gleich gesagt, dass das böse enden kann. Schon als Du mit hundertachtzig in Deinem Gti durch die Fußgängerzone rasen wolltest, warst Du kaum noch zugänglich für meine Argumente, und wenn Dir nicht der Autoschlüssel abgebrochen wäre, hättest Du Dich wohl auch von mir kaum davon abhalten lassen. Als ich Dir gesagt habe, dass die Ettstraße nicht weit sei, hast Du Bezeichnungen herausgeschrien, die ich hier nicht aufschreiben kann, weil man ja nie weiß, ob die nicht die Post kontrollieren, das dürfen sie zwar nicht, oder nur in eingeschränkten Fällen und bei begründetem Verdacht, aber man hört ja doch hin und wieder von solchen Sachen, irgendein Beamter, der bei der Beförderung übergangen wird, tritt an die Öffentlichkeit und informiert sie, nicht über die Inhalte der Briefe, sondern eher über den Mißbrauch der Macht. Ein Verfahren wegen Beleidigung würden sie Dir allerdings schwerlich anhängen, weil sie dann ja zugeben müßten, dass sie die Briefe geöffnet haben, und das geben sie selbst dann nicht zu, wenn es ihnen nachgewiesen wird, aber ärgern würden sie sich über Deine Schimpfworte, die ärgern sich ja schon, wenn man Bulle sagt. Eine Zeitlang wollten sie das Wort Polly einführen, aber von den Ganoven und der übrigen Bevölkerung ist das nicht angenommen worden, Politesse hat sich durchgesetzt, Bullenkuh sagt kaum einer und blöde Kuh, was manchem auf der Zunge liegen mag, ist nicht zu empfehlen.

Du hast Dich richtig in einen Rausch hineingesteigert, blau waren wir ja beide nach den zehn Maß auf dem Oktoberfest. Bei solch einer Anzahl ist es dann völlig egal, ob die Krüge randvoll oder nur halbvoll eingeschenkt worden sind, die meisten Leute vertragen ja auch nur drei, vier Maß, soviel wirst Du auch schon gehabt haben, als ich Dich getroffen hab, sonst hättest Du sicherlich nicht über die Tische geschrien, komm her alter Depp, jetzt saufen wir einen, bevor ich Dich aus der Baracke weise. Unser Verhältnis hat sich ja in den letzten Wochen wegen der Unannehmlichkeiten nicht gerade gebessert, wenn wir auch beide die Sache nie persönlich aufgefaßt haben. Ich hatte nur den einen Biergutschein und den Zettel für ein halbes Hähnchen, deswegen bin ich ja überhaupt nur gekommen, weil ich so was nicht verfallen lasse, und anschmieren lasse ich mich von den Wirten auch nicht, deshalb hab ich nur noch zwei Mark für Trinkgeld mitgenommen, weil mit ihren Gutscheinen spekulieren die ja drauf, dass man, wenn man einmal angefangen hat zu trinken, dann doch sitzen bleibt und das sündhaft teure Bier auf eigene Kosten weitersäuft. Das hab ich Dir auch erklärt, aber das war Dir egal, weil Du einen Haufen Kohle hast, die Du den Negern in den Baracken abnimmst. Du hast mich eingeladen und dann sind wir uns ja näher gekommen, und als die zugemacht haben, wolltest Du überhaupt nicht mehr aufstehen, weil Du gerade von Deiner Frau erzählt hast, die mit diesem Türken durchgebrannt ist.

Ich kann auch nicht verstehen, warum es gerade ein Türke sein muss, von Italienern hat man dergleichen früher oft gehört, oder wenns ein Grieche gewesen wäre oder wenigstens ein Australier, so einer wie der, der neben dir im Bierzelt saß, aber ein Türke, die haben doch eine ganz fremde Kultur, was meinst Du, wie die sich angeschmiert vorkommt, wenn die mit dem in die Türkei geht und der mit der Vielweiberei anfängt. Offiziell ist die dort verboten, aber die Reichen setzen sich über jede Moral hinweg, die gilt nur für die Armen, und arm ist er ja nicht mehr, wenn er mit den ganzen Geld, das er hier verdient hat, dorthin kommt, und dann hat er ja noch den Schotter von deiner Frau, den sie von euerm gemeinsamen Konto geräumt hat. Der bekommt sicher gewaltige Eingliederungsprobleme, die haben alle, die arm weggegangen sind und reich heimkommen, sie werden von früheren Freunden nicht mehr erkannt und geschnitten, weil sie nicht nur Geld sondern auch neue Wertvorstellungen mitbringen und eine neue Moral.

Bei uns scheren sich die Reichen auch wenig um die Moral, aber wie auch immer, der Australier neben dir hätte sicher besser zu ihr gepaßt, du hast ja erzählt das sie recht hübsch ist und auch gut gebaut, und der war das auch, vielleicht hast du Dir ihn nicht richtig angesehen, ich schon, ich saß ihm ja gegenüber, gegen den wirktest du nicht sehr überzeugend, wenn ich mich mal so ausdrücken darf. Ein kleines Sprachproblem hatte er halt, denn als dann die Brigitte an ihn ranrutschte, konnte er einfach ihren Vornamen nicht richtig aussprechen, so oft er es auch probiert hat. Für uns beide war das kein Problem und funktionierte tadellos, aber bei dem Australier nicht, der hatte echte Schwierigkeiten und der Brigitte war das mit der Zeit richtig peinlich, deswegen hat sie ihn wahrscheinlich auch weggezerrt und gesagt, er solle jetzt mit ihr heimgehen, damit er das mal richtig lerne.

Als die ausländischen Hilfskräfte der Wiesenwirte dann anfingen im Zelt unter den Tischen die Hühnerknochen aufzusammeln, sind wir endlich gegangen, und weil Du nicht heimwolltest, weil wir jetzt Weiber aufreißen wollten, hab ich kurz überlegt, ob wir eine Sache mit

Köpfen machen sollten, und in das bekannte Feinschmeckerlokal gehen sollten, wo ein Freund von mir einmal als Kellner gearbeitet hat, da wär sicher was gelaufen, der hat immer gemeint, das sei der beste Puff in der Stadt, aber vermutlich hätte Dein Geld da nicht ausgereicht, die achten nämlich mit ihren Preisen darauf, dass sie unter sich bleiben, was ja verständlich ist, und zu dem Hotel, wo die Flugzeugmietzen absteigen, die dann morgens um Eins an der Bar sitzen und auf Ansprache warten, wolltest Du auch nicht, weil die immer mit der nächsten Maschine wieder weg müssen, und Du der Meinung bist, dass Du für sowas eine Ruhe brauchst, das stimmt, der Autoschlüssel ist auch abgebrochen wegen der Unruhe, die in Dir war, aber den kann man ja wieder reparieren.

Wir waren so blau, dass wir zum Donisl gefahren sind und erst, als wir vor verschlossener Tür standen, habe ich mich dran erinnert, dass der ja behördlich geschlossen worden ist, weil das eine Lasterhöhle war. Gottseidank war der zu, sonst hätten sie uns auch die Hosen ausgezogen und Dir die Uhr geklaut, ich hab ja keine teure, bloß die alte Junghans von meinem Vater. Weil Dir dann der Schlüssel abgebrochen ist, mussten wir zu Fuß zum Weißbierkeller gehen, Du hast in der leeren Fußgängerzone gesungen und immer, wenn ich gesagt hab, dass du nicht so laut sein sollst, hast Du geschrien, dass es hier früher Nachtwächter gegeben habe, die auch gesungen hätten, und Du wärst jetzt der Nachtwächter. Aber früher haben hier ja auch Leute gewohnt, und jetzt wohnen hier kaum mehr Leute, deswegen hat vermutlich auch keiner die Polizei angerufen und Dich wegen Ruhestörung angezeigt, und in der Ettstraße haben sie nichts gehört.

Das ist das Wunderbare an der neunen Stadtplanung, die Innenstädte veröden nachts, weil die Geschäfte zu sind und keiner Einkaufen gehen und in den Kaufhäusern und Büros ja keiner wohnen kann. und die Trabantenstädte sind tagsüber öde, weil die Leute ja in der Arbeit sind, und wenn sie arbeitslos sind, dann werden sie auf den Straßen da ja wohl auch kaum rumlaufen, schon allein deswegen, damit sie vielleicht nicht doch einer sieht und fragt, ob sie auch arbeitslos seien, denn die Arbeitslosen sind gesellschaftlich nicht voll anerkannt, und müssen ihre Misere verbergen, weil sie sich einreden, sie seien selber Schuld, dass sie arbeitslos sind. Bei manchen gelten sie als faules Pack, und die sagen dann, dass jeder jederzeit eine Arbeit finden könnte, wenn er nur arbeiten wollte. Das scheint aber Unsinn zu sein, weil die ja gleichzeitig schimpfen, dass die alle noch schwarz arbeiten und das Geld vom Arbeitsamt zusätzlich einschöben, und über die blöden anderen sich ins Fäustchen lachten, die geregelter Arbeit nachgingen. Ich kann das nicht so genau beurteilen, aber ich weiß nicht, was solch einer macht, wenn er wieder eine Stelle gefunden hat, und irgend ein Manager setzt auch diese Firma postwendend in den Sand und die Leute stehen gleich wieder auf der Straße, bloß weil der den Markt falsch eingeschätzt hat oder irgendwas. Der Manager ist ja gut versorgt, weil der bald mit neuen Führungsaufgaben betraut wird, wir haben ja nur eine ganz dünne Schicht von wirklich guten Managern und die kennen einander alle, oder wenn einer den andern nicht kennt, dann kennt er einen anderen, der den einen dann kennt, die halten alle zusammen.

Bei den Arbeitslosen ist das nicht so, die halten noch nicht einmal im Wirtshaus zusammen, wohin sie meistens gehen, damit sie ihre Lage im Suff ertränken, was aber nichts nützt, weil sie immer noch arbeitslos sind, wenn sie mal nüchtern werden. Der Alkoholismus ist allerdings auch ein Problem bei den Führungskräften, denn durch den sollen gravierende betriebliche Fehlentscheidungen zustande kommen, wenn die bei den Empfängen und Tagungen und so immer Alkoholischem zu sich nehmen müssen, und dazu sind sie gezwungen, wenn sie gesellschaftsfähig sein wollen, deswegen müssen die ja auch heiraten, auch wenn sie gar nicht wollen, weil sie ihresgleichen viel lieber haben, und wenn die dann jahrelang trinken, dann müssen sie weiter trinken, ihr Körper verlangt das, wenn es ihnen nicht schlecht gehen soll.

Bei uns war das anders, wir wollten in dieser Nacht weiter saufen und Weiber aufreißen. Im Weißbierkeller hat das auch schnell geklappt, kaum dass wir einen Platz gefunden hatten, was gar nicht so einfach war, weil ein Haufen Leute vom Oktoberfest auch weiterfeiern wollte. Die Inge oder wie die hieß, hat sich an Dich rangemacht, da musstest Du Dich gar nicht mehr an sie ranmachen. Neben mir saß blöderweise so eine Schnapsdrossel, die immer eingeschlafen ist und bei der ich aufpassen musste, wenn sie kurz aufwachte, dass sie nicht aus meinem Glas trank oder ihr Glas über meine Hosen schüttete, weil sie andauernd mit mir Bruderschaft trinken wollte. Ich hab gar nicht recht mitbekommen, wies kam, dass die Inge, wenn sie so hieß, auf einmal dastand und rumtobte, rück die zweihundert Mark raus, du Lump, die Du mir geklaut hast. Du sahst auch erst ganz verdutzt aus, dann hast Du Deinen Geldbeutel auf den Tisch geknallt und hast gebrüllt, sie soll nachschauen, die blöde Gans, das seien Deine Kröten und nicht ihre, du habest genug und von ihr brauchtest Du nix. Sie hat dann in Deinem Geldbeutel die zweihundert Mark gefunden, und hat geschrien, das seis, und Du hast geschrien, Du hättest sie nicht beklaut. Ich mein, ich hab Dir das schon geglaubt, wenn Du an ihrem Rock rum gemacht hast, hast Du sicher was anderes gesucht, aber sie hat Dir nicht geglaubt, und auch ihr Freund nicht, der plötzlich aufgetaucht ist, das heißt vom Nebentisch aufgestanden, der hat Dir gleich eine reingehauen, dass Du unter den Tisch geflogen bist. Wenn der die ganze Zeit am Nebentisch gesessen hat und zusehen musste, dass und wie ihr euch abgeleckt habt und Du an ihrem Rock rum gemacht hast, dann war der vermutlich eifersüchtig, wenn er ihr Freund war. Auf jeden Fall hat er Dir noch einen Tritt versetzt, als Du wieder aufstehen wolltest. Dann kamen auf einmal zwei andere, die haben Dich gepackt und als besoffenes Schwein hinausgeschleppt.

Das ging alles so unheimlich schnell, dass die Leute an den anderen Tischen kaum was mitgekriegt haben, und auch ich konnte mich nicht so rasch einmischen. Der Freund von der Inge hat sich umgeschaut und gefragt, ob noch einer was wollte, da hätte ich natürlich was wollen können, aber Du warst ja schon draußen. Die sind dann alle an den Nebentisch und die Inge hat ihm das Geld gegeben, woraufhin sie neues Bier bestellt haben. Ich hab auch noch einen kleinen Schluck zu mir genommen, mein Glas war ja nicht umgefallen, hab aber nicht ausgetrunken, damit, als ich dann aufstand, die Leute annehmen konnten, dass ich wiederkommen würde. Ich bin schnurstracks auf die Toilette gegangen, danach zur Musicbox geschlendert, als wollte ich was auswählen, und vorsichtig weiter zum Ausgang und hab aufgepaßt, dass mir keiner folgt, aber das war nicht der Fall, die haben mich offensichtlich nicht mit Dir in Verbindung gebracht und so konnte ich Dich in der Kinopassage unbehelligt auflesen, in der sie Dich liegengelassen hatten. Du hast schlimm geblutet, weswegen uns der Taxifahrer erst gar nicht mitnehmen wollte, dem ist sicher aufgefallen, dass wir angetrunken waren, er ist schließlich doch gefahren, aber erst, nachdem ich ihm die hundert Mark gegeben hatte, die sie Dir in der Geldbörse gelassen hatten, offensichtlich ging es der Inge wirklich nur um die zweihundert Mark. In der Klinik haben sie Dich mir gleich weggenommen, ich war ja auch blutig, weswegen die Schwester gefragt hat, ob ich auch was hätte, was ich verneinen konnte, dann hat sie mich stehenlassen, und erst durch wiederholtes drängendes Fragen konnte ich in Erfahrung bringen, dass man Dich schon versorgt, so dass ich mich beruhigen konnte, dann wollten die wissen, ob ich der Schläger sei, was ich aber nicht war, trotzdem haben sie die Polizei geholt, der ich den Tathergang geschildert habe und die Anzeige gemacht.

Das Ganze hat so lange gedauert, dass ich erst als ich heim durfte, gemerkt habe, dass draußen die Geschäfte schon offen waren, und wie gesagt, dann gabs den Ärger mit meiner Frau. Aber sobald ich Zeit habe, werde ich

Dich im Krankenhaus besuchen, deine Frau kann ja nicht kommen, wenn sie bei dem Türken in der Türkei ist, doch vielleicht musst Du gar nicht solange drinnen bleiben, das wäre gut, Du weißt ja, ich brauch Dich und um das Dach von unserem Haus muss sich auch einer kümmern, trotz allem Spaß soll man den Ernst der Lage nicht aus den Augen verlieren, Krankheit hin oder her.

Dein Franz.

P.S. Auf dem Heimweg bin ich an der Stelle vorbeigegangen, an der wir Dein Auto abstellen mussten, das war aber nicht mehr da. Ich bin in den Laden gegangen, vor dessen Tür wir es hingestellt hatten, und der Inhaber hat gefragt, ob ich die Unverschämtheit besessen hätte, direkt vor seinem Laden auf dem Bürgersteig meine Karre stehen zu lassen, und hat mich gemustert, ich sah ja nun wegen der Nacht nicht gerade vertrauenerweckend aus. Ich habe geantwortet, ein Bekannter, dem sei das Benzin ausgegangen. Das hat er geschluckt und gesagt, dann sagen Sie der Orgelpfeife, die Rostlaube kann er sich bei der Polizei abholen, er soll froh sein, dass ich es nicht gleich auf den Schrottplatz hab schaffen lassen. Der war nicht wenig unverschämt, aber ich wollte nicht weiter argumentieren. Auf jeden Fall musst Du Dich um das Auto kümmern.

Nochmal Dein Franz

Sehr geehrter Herr Hausverwalter,

jeden trifft es so, wie es ihn trifft. Sie dürfen versichert
sein, dass ich Sie privat nicht mehr belästigen werde mit
meinem Geschwätz, aber dienstlich werden Sie es sich ja
wohl gefallen lassen müssen, reden wird man im
Augenblick mit Ihnen ja wohl auch kaum können mit
dem eingedroschenem Kiefer, auf dem Weg zum
Krankenhaus habe ich wenigstens kaum noch was
verstanden, höchstens irgend etwas von verdammte
Scheiße, und das ist ein bißchen wenig für ein
vernünftiges Gespräch. Vorher waren Sie da
mitteilsamer, dass Sie davon jetzt nichts mehr hören
wollen, das kann ich schon verstehen, das meiste war
auch ziemlicher Mist, wenn man es nüchtern betrachtet
und das werden Sie wohl inzwischen auch wieder sein,
denn im Krankenhaus gibt es kein Bier obwohl manche
Ärzte unheimlich saufen sollen.

Heute war der Handwerker da und hat sich das Dach
angesehen, mit dem hatten Sie sich wohl verabredet,
weswegen er unten im Hof gewartet hat, bis ich gedacht
habe, wer wartet denn da so lange unten im Hof, und
weil ich Zeit hatte, da es nicht regnete, bin ich
runtergegangen und hab ihm gesagt, dass Sie
wahrscheinlich verhindert seien, vom Suff habe ich
nichts erzählt, woraus Sie ersehen können, dass ich auch
ohne Ihren Brief alles für mich behalten wollte. Ich hab
ihn herumgeführt und die anfallenden Arbeiten gezeigt.
Er hat die Ziegel ausgerechnet, die er brauchen wird und
auch gemeint, dass der Dachstuhl nicht mehr ganz in
Ordnung wäre. Daraufhin erst habe ihn auf die Stellen
aufmerksam gemacht, an denen die Balken faulen, so
dass er schließlich meinte, er könne nur abraten,
lediglich neu zu decken, er hat auch gesagt, dass man da

schon längst was hätte unternehmen sollen, auf jeden Fall bald etwas, weil man dem Wetter nicht trauen könne.

Wir haben noch über den allgemeinen Zustand des Hauses beredet und er hat gemeint, so was habe er schon mal gesehen bei dem Gebäude an der Isar unten, das von Wohnungssuchenden besetzt gewesen sei, bis der Hauseigentümer es durch die Polizei hätte räumen lassen. Ihm sei ja schleierhaft gewesen, wieso die Typen so ein Haus besetzt hätten, da hätte man doch nie und nimmer drinnen wohnen können, dafür hätte der Hausbesitzer doch schon lange gesorgt, indem er es hätte verfallen lassen. Und die wären dann auch noch verprügelt worden, was sie aber vor Gericht nicht nachweisen konnten, bis auf den Sohn eines Polizisten, der auch irrtümlich eins abbekam, weil die Polizisten bewiesen hätten, dass sie niemanden verprügelt hätten. Das sei ja auch leicht, weil, wenn von einer Hundertschaft einer ein paar Demonstranten verprügele, dann bezeugten die übrigen neunundneunzig, dass er nicht geprügelt habe, und wenn hundert Besetzer dagewesen wären, hätten bestenfalls vielleicht dreißig bezeugen können, dass der verprügelt wurde, denn die Linke sei sich nie einig und zerfalle in einzelne Gruppierungen, die immer gegeneinander arbeiteten, dann hätten es ja mindestens dreihundert Besetzer sein müssen, bis man auf eine einigermaßen gleiche Anzahl von Zeugen gekommen wäre, und so viele Hausbesetzer gäbe es ja in ganz München nicht, Wohnungssuchende schon, das wären zehntausend, wenn man den Statistiken glauben könne, und außerdem zähle eine Polizistenstimme immer noch doppelt, vor allen Dingen, wenn die Beamten in Uniform gewesen seien, und das könne man ja annehmen, dass sie das waren, während von den Besetzen viele nur das Notwendigste am Leib trugen, und die Schlafsäcke, in denen sie gelegen hätten, konnten sie ja nicht anziehen.

Nachdem die dann schnell aus dem Haus geprügelt waren, sollte er ein Gutachten abgeben, was eine Renovierung kosten könne, er habe das auch gemacht, aber der Hausbesitzer wollte nichts davon wissen, jetzt sähe es dort immer noch so aus, wahrscheinlich noch schlimmer, allerdings sei ein Zaun hochgezogen worden, damit man das von Außen nicht mehr so sehe, auf jeden Fall weigere sich der Eigentümer, was zu tun. In Berlin sei das manchmal besser geregelt, da würden die Besetzer die Häuser kaufen und selber wieder herrichten, mit so alternativen Firmen, das ginge ganz gut und jeder würde davon profitieren. Er selber würde ja auch ganz gerne manchmal alternativ arbeiten, aber seine Frau sei dagegen, obwohl sie im Garten neuerdings alternativ anbaue, weswegen er daheim meistens Grünzeug zu essen bekomme, und froh sei, wenn er die Woche über auf der Baustelle sei, wo er jeden Tag einen saftigen Schweinebraten zum Bier habe.

Er erkundigte sich auch gleich nach einer guten Wirtschaft hier in der Nähe, weil eine gute Wirtschaft für einen Bauarbeiter genauso wichtig sei, wie eine gute Baustelle. Wir gingen zum Ritschi an die Ecke und setzten uns auf eine Halbe. Für mich war es das erste Bier nach unserem Oktoberfestbesuch, es hat nicht nur Sie voll am Kopf erwischt in dieser Nacht, sondern auch ich hatte einen gewaltigen Schädel, dass mir zwei Tage lang nichts geschmeckt hat. Mit dem Handwerker ging es dann wieder, solche Leute haben so eine schöne Art zu saufen, dass es dir schon beim Zuschauen besser geht. Wir kamen ins Erzählen und ich hab ihm gesagt, dass ich vermute, dass Sie vielleicht absichtlich so lange mit der Reparatur warten würden, damit die Versicherung gleich ordentlich zahlen müsse, ohnehin könnten ja alte Schäden jetzt leicht mit ausgebessert werden. Der Handwerker hat mich angeschaut und gemeint, ein schlauer Hund, da muss ich ja gleich noch mal mit dem Herrn reden, aber das bleibt unter uns. Wem hätte ich das auch weitersagen sollen, wir saßen ja in einer Ecke allein am Tisch, weil die am Stammtisch gekartelt haben, und das ohnehin schon wissen, denn die waren es ja, die mir erzählt haben, dass es nicht wenige gebe, die jetzt absahnen würden. Die vom Stammtisch kennen sich aus in der Welt.

Wir saßen nicht lange, weil der Dachdecker noch zu einer anderen Baustelle musste, er schien aber recht zufrieden mit dem, was er erfahren hatte. Handwerker müssen ja froh sein, wenn sie gute Aufträge bekommen, denn die Schwarzarbeiter und Schwindelfirmen machen ihnen den Existenz kaputt, und er schien mir kein Schwindler zu sein. Auf dem Rückweg hab ich noch mit dem Hausmeister geredet, der den Gehweg entlangkam, er muss ja jetzt zu Fuß gehen, seitdem sein Auto kaputt ist, der hat gemeint, dass ja nun doch bald was am Haus gemacht werde, nachdem wieder jemand von der Baupolizei dagewesen sei, er habe Sie angerufen, aber noch nicht einmal Ihr Telephonbeantworter sei eingeschaltet gewesen, und Ihre Frau habe er auch nicht erreichen können. Ich hab ihm gesagt, dass ich Sie getroffen hätte, und Sie sich sicher bald wieder melden würden, ihre Frau sei an die Nordsee gefahren, um sich zu erholen. Er hat gemeint, dass er dort jetzt auch gerne Urlaub machen würde, die Arbeit und dann der elende Ärger mit den Mietern ginge ihm auf den Geist, dabei könne er doch nicht mehr tun, als Sie ihm hießen, und es sei doch Ihre Sache, die Handwerker zu bestellen, Sie hätten ihm doch direkt untersagt, sich um jemanden zu kümmern, obwohl er gleich nach dem Hagel von einem Bekannten angerufen worden sei, der eine Firma habe, die damals sofort was machen hätte können, aber davon wollten Sie nichts wissen und jetzt habe er erst mal genug Arbeit, außerdem laufe ein Handwerker der Arbeit nicht hinterdrein. Er sagte, mit seiner Frau habe er dauernd Streit, weil die ihm Vorwürfe mache, dass er die mies bezahlte Hausmeisterei angenommen habe, er hätte doch gleich am ersten Tag merken müssen, dass die das Haus verkommen lassen wollten und nur einen Dummen wie ihn brauchten, der dabei mitmache, weil er für jede andere Arbeit zu faul sei. Das erzählte er mir, als wir schon beim Bier saßen, weil wir wieder in die Wirtschaft gegangen sind, ich wollte noch ein Bier trinken und er hatte auch Durst, unmäßigen, wie er sagte, weil er das Gemecker daheim nicht auszuhalten sei, Gottseidank gehe seine Frau halbtags in die Arbeit, sonst könne er es überhaupt nicht mehr ertragen, so habe er wenigstens in dieser Zeit seine Ruhe.

Ich find ja, dass ihm nicht so schlecht geht, in dem Haus, wo ich früher gewohnt hab, gab es eine Hausmeisterin, die offiziell gar keine war, aber die Arbeit hat sie schon gemacht, der gings noch viel schlimmer, wie sie mir einmal auf der Treppe erzählt hat, als ich sie fragte, warum sie weine. Die hat nämlich für hundert Mark im Monat alle Treppen im vierstöckigen Haus geputzt, hat sich um die Wohnungen gekümmert, in denen die Zimmer einzeln an Studenten und so Leute vermietet waren, und wurde andauernd aus dem Schlaf gerissen, wenn einer Nachts seinen Schlüssel verschlampt hatte, oder wenn irgendwo was nicht funktionierte, wie es sollte und die Mieter sauer waren, weil sie so eine hohe Miete zahlten, und sie anschrien, weil keiner wußte, dass sie eigentlich gar nicht Hausmeisterin war. Das hatte sich im Laufe der Zeit eben ergeben, weil sie die einzige ständige Mieterin in dem Taubenschlag war und der Besitzer hat es akzeptiert, obwohl er ihr natürlich keinen richtigen Lohn zahlen konnte, weil ihr dann ja die Rente von vierhundert gekürzt worden wäre, was er ja wissen musste, weil er Richter am Sozialgericht war und sich in den Gesetzen auskannte, jedenfalls besser als diese Frau, der er an dem Tage gerade die Wohnung gekündigt hatte, obwohl sie mit ihrem Mann nach dem Krieg in dem halb verbombten Haus mit eigenem Geld ihre Wohnung wieder hergerichtet hatten, als er noch in die Windeln geschissen hatte.

Aber das sei dem egal, weil er die Wohnung, die sie bewohne, jetzt auch aufteilen wollte, obwohl sie ja nur die Küche, das Zimmer und die kleine Kammer habe, und schon jetzt dreihundertfünfzig Mark zahle, sie wisse überhaupt nicht mehr, was sie jetzt machen solle mit ihren dreiundsiebzig Jahren, und ins Altersheim gehe sie auf keinen Fall, und das bißchen Treppe hätte sie leicht noch ein paar Jahre wischen können, und auch die anderen Sachen, sie brauche ja gar nicht mehr soviel Schlaf in ihrem Alter, nur manchmal möchte sie halt, dass die jungen Leute ein bisschen freundlicher zu ihr seien, schließlich sei sie ja kein Handwerker, für den ein undichter Wasserhahn kein Problem darstelle, früher habe das ihr Mann gemacht, aber jetzt könne sie halt nur jemanden anrufen und warten, aber dafür hätten die kein Verständnis, und wenn sie einmal zu dem Herrn Besitzer ein Wort sage, dann antworte der, ja Frau Huber, wenn Sie die Arbeit nicht mehr leisten können, dann müssen wir uns nach einer anderen Lösung umsehen. Aber sie brauche doch das Geld, grad jetzt, wenn er ihr doch wenigstens die Wohnung gelassen hätte, irgendwie würde sie sich halt noch ein bißchen mehr einschränken, und so viele Jahre habe sie ja auch nicht mehr leben.

Unserm Hausmeister hab ich davon nichts erzählt, dem konnte ich das auch nicht erzählen, weil der mich kaum zu Wort kommen ließ, das war, wie bei Ihnen, als wir noch auf dem Oktoberfest saßen, der wollte sein ganzes beschissenes Leben, wie er es nannte, vor mir ausbreiten , aber ich hab gesagt, ich müsse nach oben, und nach dem Wasser schauen, weil ich durch das Fenster bemerkt hatte, dass es anfing zu tröpfeln, und obwohl er meinte, ich solle doch den Scheiß versaufen lassen, bin ich gegangen. Es regnete gar nicht so stark, und bei mir war das auch mehr eine Ausrede, ich wollte nicht noch mal im Bier versinken, wie mit Ihnen; wenn der nüchtern ist, redet der nämlich auch ganz anders, und wer weiß, was dem im Suff passieren kann. An dem Tag ist ihm nicht viel passiert, denn als er am Abend heimkam, hat er zwar im Hausflur rumgegrölt, aber das hat gleich seine Frau unterbunden und ihn in die Wohnung geholt, aus der ich bald nur noch ihre Stimme gehört habe und dann noch ein Poltern, als wenn ein Stuhl umgefallen wäre oder zusammengekracht. Vermutlich wollte er sich setzen, die haben da so Plastikkram als Stühle, Plastikmöbel sind ja zeitlos. schön, weil Plastik altert nicht, trotzdem tauschen viele Leute ihre Plastikmöbel öfters aus, weil man Schönheit nicht immer ertragen kann. Allerdings sind sie schwer zu verkaufen, weswegen die meistens auf den Müll geworfen werden, wenn sie die Türken bei der Müllabfuhr nicht aus dem Müll ziehen und mit nach Hause nehmen. Jetzt habe ich doch ganz unbeabsichtigt Türken geschrieben, und nicht überlegt, dass Sie bei Türken jetzt empfindlich sind. Aber der Türke hat ja Ihre Frau nirgendwo rausgezogen, die ist, wie Sie sagen, freiwillig gegangen, obwohl Sie das nicht verstehen. Ich verstehe auch nicht warum der unten Plastikstühle gekauft hat, wo er doch so gute Eichenstühle hatte von seinem Vater, der Blockwart bei den Nazis war und sich stilgemäß eingerichtet hatte. Die Möbel konnte man ja nach dem Krieg weiter benutzen, da brauchte selten das Hakenkreuz rauskratzen, wie bei den Orden oder den Dolchen, oder den Namen aus den Ehrenbürgerlisten, wie das die meisten Städte nach den Krieg machen mussten, weil der und jener jetzt kein Ehrenbürger mehr sein durfte, weswegen viele Städte aus diesen Jahren gar keine Ehrenbürger mehr haben, obwohl sie sonst immer welche haben, am liebsten hätten sie einen anderen da reingeschrieben, aber das ging nicht, weil noch welche leben, die wissen, dass da einer war, und bei uns ist es ja nicht wie im Osten, wo immer die Geschichte neu geschrieben wird, wenngleich wir inzwischen manches wieder vom Osten übernehmen, so bei Staatsbesuchen die Einrichtung der Jubelperser, das sind natürlich keine echten Perser, wie manchmal die Teppiche, über die unsere Staatsgäste schreiten, die sind durch die Bank falsch. Im Osten sind es die verdienstvollen Arbeiter, die in acht Stunden das machen, was andere in zwölf Stunden nicht hinkriegen und bei uns sind das Politiker, Diplomaten und Pressevertreter, die Blüte der Intelligenz, die Besten also, die für das, was die anderen in sechs Schulstunden lernten, eine brauchten, wenn überhaupt, denn aufgeschlossene Kultusminister haben die Schul- und Lehrpläne so eingerichtet, dass man auswählen kann, um nur das zu lernen, was man braucht, also Physik und Chemie, oder Biologie, nützliches halt, nicht aber Deutsch, weil das jeder kann, weswegen man das Abitur auch besteht, wenn man Deutsch abgewählt hat, ein Umstand, der in die Geschichte weist, und auf die Lehren, die man daraus gezogen hat, schließlich war im Mittelalter Latein die Sprache der Gebildeten und später Französisch, dem Deutschen wandte man sich nur höchst widerwillig zu, wiewohl es manchem nicht geschadet hätte.

Auch heute würde es nicht schaden, und trotzdem die Intelligenz Jubelperser ist, zeigt sie allerdings auch ihre hinterlistige Renitenz bei den Geschenken, die sie ausländischen Staatsgästen überreicht, im jüngsten Fall war das ein Paddel, das dem amerikanischen Präsidenten gegeben wurde, ein an sich und auf den ersten Blick harmloser Gegenstand, dessen Bedeutung erst dem Gelehrten auffällt, erinnert er sich doch an ein englisches Lied mit der vielsagenden Zeile To paddle my own canoe. Da nun der Präsident das allgemeine Ruder der Dinge in der Hand halten muss, sonst wäre er ja nicht Präsident, und auf einen Lotsen, der vielleicht von Bord geht, wird er sich ja kaum verlassen, kann dieses Paddel für das eigene Paddelboot nur heißen, dass er das andere fallen lassen und mit dem neuen sich um den eigenen Kram kümmern soll, weil zwei Paddel kann ja kein Mensch halten, auch der Präsident nicht und der ist ja ein Mensch. Auch das Buch zur deutschen Geschichte ist hinterlistig ausgewählt. Wenn es nämlich zu teuer ist, darf es der Präsident nicht behalten und muss es sofort abgeben, wenn er wieder heimkommt; wenn er es nicht abgibt, gilt er als bestochen und das ist schlecht. Wenn es aber billig genug war, ist die Frage zu stellen, ist es auf Englisch oder auf Deutsch. Wenn es auf Deutsch ist, wird ers nicht lesen, weil er kein Deutsch gelernt hat, die wenigsten Amerikaner kennen Deutsch, sie verlangen, dass jeder Englisch spricht, und weil wir in einer Demokratie leben, in der die Mehrheit recht hat, haben sie global gesehen recht, denn sie sind mehr als wir. Demnach wird er das Buch in diesem Fall auch abgeben, nicht weil es zu teuer ist und er es nicht behalten darf, sondern, weil ers nicht lesen kann. Ist es nun auf Englisch, dann braucht er es aber auch nicht, weil er als Präsident alles wissen muss, sonst könnte er ja nicht entscheiden, und wenn er alles weiß, braucht er es nicht zu lesen, weil nichts Neues drinnen stehen kann. Dass er viel liest, weiß man, denn er liest Bücher aus aller Welt, so auch den Karl Marx, den er gelesen haben muss, weil er ihn zitiert hat, denn um etwas zitieren zu können, muss man es gründlich gelesen haben, es gibt kein Buch, bei dem die Zitate vorne aufgereiht stehen, so dass man das Buch gar nicht lesen braucht um richtig zu zitieren.

Mit solchen Geschenken ist demnach der Präsident reingelegt, denn als er sie erhielt, hat er sich gefreut, wie jeder Mensch sich freut, wenn er was geschenkt bekommt, weil er den Hintersinn nicht sofort erkannt hat, wozu er ja seine Berater hat und die Presse, die alles aufdeckt, so auch die Hinterlist der Intellektuellen mit ihren alten Konflikt zwischen Bauch und Kopf, bei dem der Bauch Jubelperser ist und der Kopf hinterlistig.

Die weißen Flecken in den Büchern der Städte, in den die Namen der Ehrenbürger verzeichnet sind, sind auch listig, wenn man länger darüber nachdenkt: sie werden weiß gelassen, weil keiner weiß, ob man sie vielleicht wieder mal mit den alten Namen ausfüllen kann, denn nach so kurzer Zeit kann kein Mensch die Geschichte abschließend beurteilen. Die weißen Flecken auf den Stadtplänen, auf denen nach dem Krieg ganze Straßenzüge fehlten, sind inzwischen fast überall verschwunden und die Häuser wieder aufgebaut, nicht immer ganz stilgerecht, dass zuweilen ein blauweißer Schlecker sich zwischen historische Fassadenfronten zwängt, aber das ist der Geist der Zeit, dem Stadtplaner und Architekten Tribut zollen mußten. Schönheit und Tradition hin und her, eine Stadt muß funktionieren, da kann man nicht auf alles Rücksicht nehmen.

Auch bei der Möbelindustrie hat man nach dem Krieg brutal mit der Tradition gebrochen, diese Entwicklung in die Plastik hinein ist was Neues, daran ändern auch die Schweden nix, die ihre Holzmöbel in Jugoslawien herstellen lassen und mit ihren Billigpreisen die anderen zur Rückbesinnung zwingen, so dass die auch wieder in Holz arbeiten müssen, was sich anbietet, wenn wegen des Waldsterbens soviel Holz anfällt, das man nicht alles verbrennen kann, weil doch in den ersten

Friedensjahren, als es uns wieder besser ging, in den Wohnungen die Kachelöfen zerschlagen wurden, weil keiner mehr althergebracht heizen wollte, und Plastikmöbel kann man nicht verbrennen.

Also der Hausmeister wird mit seinem Stuhl zusammengekracht sein und wird ihn jetzt auf den Müll werfen müssen, reparieren kann man Plastikstühle nicht, das will auch die Wirtschaft nicht. Jetzt muss er sich einen neuen kaufen, wenn er wieder nüchtern ist, oder er schickt seine Frau, denn einen neuen Stuhl wird er brauchen, die meisten ehemaligen Studenten, die vor zehn Jahren noch in ihren Zimmern auf dem Boden saßen, weil sie damals die bürgerliche Wohnkultur ablehnten, haben jetzt auch welche. Was sie an den Möbeln Geld gespart haben, haben sie seinerzeit in Stereoanlagen und Platten gesteckt und haben Lieder, Songs sagte man wohl schon, gegen die Genormtheit der anderen angehört. Das war überall so.

Einmal allerdings wurde diese Genormtheit perfide ausgenutzt, da dachte sich der Fischerverlag nämlich, nachdem im Suhrkamp sich die Taschenbücher von Herbert Marcuse wunderbar verkaufen ließen, ha, das können wir auch, und brachte auch einen Marcuse als Taschenbuch heraus, und tatsächlich, der wurde fleißig gekauft, weil jeder dachte, huch, ein neuer Marcuse, den muß ich unbedingt sofort haben, dummerweise war es einer von Ludwig Marcuse, was aber den meisten erst daheim auffiel, so dass sie den Band ungelesen ins Regal stellen mußten, weil sie konnten ja als Kenner schlecht in den Laden gehen und sagen, den wollte ich ja gar nicht, den habe ich verwechselt, ein paar mögen allerdings ihre Freundin geschickt haben, die dann erklären mußte, sie hätte ihn auch schon und gleichzeitig gekauft, so dass nun einer zuviel in der Wohngemeinschaft sei. Das Leben ist schwer, nicht nur für Sie.

Mit freundlichen Grüßen

Ihr Mieter

Sehr geehrter Hausverwalter,

durch den sehr frühen Sehneeeinbruch in diesem Jahr wird sich die Reparatur natürlich nochmal verzögern. Es ist gut, das die Arbeiter noch nicht angefangen haben, sonst säßen sie jetzt untätig herum. Ich hatte schon gedacht, dass es gleich losgehen würde, nachdem die Ziegel so schnell geliefert wurden, aber dann blieben die Paletten doch unten im Hof stehen und auf dem Bürgersteig längs der Straße. Der Hof ist nachts abgeschlossen und tagsüber können die Mitarbeiter der Firma, die drunten ihre Büroräume hat, ein Auge darauf werfen. Schlechter siehts mit den Ziegeln auf der Straße aus, dort sind die Plastikverkleidungen abgerissen worden und irgendwelche Typen haben die Ziegel raus genommen und auf den Boden geschmissen, dass sie zerbrachen. Ich habe ein paarmal gesehen, dass der Hausmeister die kaputten Stücke zusammengekehrt hat und in die Mülltonne geworfen, also, wenn Sie mal vorbeikommen und sehen, dass schon eine erkleckliche Anzahl fehlt, dann sind die nicht geklaut, sondern liegen im Abfall, natürlich nicht mehr alle, denn, weil einmal in der Woche die Müllmänner kommen, ist ein Teil schon auf der Deponie oder in der Verbrennungsanlage, ich hab nicht gefragt, wo die den Müll hinfahren, aber das ist Ja auch nicht so wichtig, weil mit den kaputten Ziegeln kann man das Dach ja eh nicht decken, sonst könnte man ja gleich die kaputten, die jetzt droben sind, droben lassen.

Vorerst werden sie droben bleiben müssen, bis der Schnee weg ist. Sorgen macht mir Tauwetter: solange es kalt ist, hält der Schnee, Schnees ist ja gefrorenes Wasser, aber wenn es taut, dann müssen wir natürlich mit neuen Schäden rechnen, und ich kann mir nicht vorstellen, dass wir dieses Jahr einen Winter haben, in dem von Ende Oktober bis in den März hinein Schnee liegt, ohne dass er taut. Solche Winter gibt es nicht mehr, wenigstens nicht mehr in den Städten. Wenn unser Haus in den Bergen stünde und dann noch an der Nordseite, dann bliebe der Schnee länger liegen, aber es steht ja in der Stadt. In den Bergen hätte man auch mehr Freude am Schnee, besonders die Kinder, die könnten dann Schlitten fahren und ich würde einen Schneemann für sie bauen, in der Stadt ist der Schnee gleich unansehnlich und am Straßenrand scheißen ihn die Hunde zu, dass du dich nicht langlaufen traust. Den einzigen Schnee, den man in den Städten noch anschauen kann, aber auch nur, wenn man nicht nahe hinkommt, weil man dann gleich die schwarzen Dreckkörner sieht, die von Ferne aber das Weiß nur unwesentlich abdunkeln, ist der Schnee auf den Hausdächern, so wie auf unserem, das jetzt ganz gut aussieht, allerdings, zumindest im Augenblick, nicht neu gedeckt werden kann.

Aber was ich Ihnen sagen wollte, und warum ich eigentlich schreibe, das ist folgendes, nun ist es ja bei den Bauarbeitern so, dass die im Winter stempeln gehen und nicht arbeiten, weil es die Witterung nicht zuläßt, es sei denn, sie hätten winterfeste Baustellen, solche sind aber meist unterirdisch oder komplett mit Planen oder sonst was überbaut, dass die Witterung den Fortlauf der Arbeit nur geringfügig beeinträchtigen kann. Unterirdisch ist unser Dach nicht und überbauen wird man es schlecht können, die Feuerwehr wollte es damals noch nicht einmal abdichten, deswegen müssen Sie unbedingt darauf achten, dass die nicht stempeln gehen oder nur solange, wie das Wetter es erzwingt, und dann sofort mit der Arbeit beginnen, sobald die Witterung diese wieder zuläßt, wieder ist natürlich falsch, es sollte einfach zuläßt heißen, denn sie haben ja noch nicht angefangen, aber ich nehme an, ihre Truppe steht und ist bestellt, und wenn Sie die dann stempeln lassen müssen, und die wollen sicher den ganzen Winter über stempeln, obwohl sie zwischendurch auch arbeiten könnten, aber das muss man ihnen meistens ausdrücklich klar machen, und wenn Sie das versäumen, dann stempeln die und kommen überhaupt nicht zur Arbeit und der ganze Mist geht von vorne los, und Sie müssen sich eine neue Firma suchen, und bei den anderen Firmen werden die Leute ja auch stempeln gehen wollen, das ist ja nicht nur bei der so, die Sie für die Arbeit gewinnen konnten.

Ich weiß, dass das jetzt eine neue Aufgabe für Sie ist, aber sie muss in Angriff genommen werden. Man kann sich seine Arbeit nicht immer aussuchen, sondern man muss nehmen, was man kriegt, das geht heute vielen so, auch die Bundesanstalt für Arbeit erwartet von den

Arbeitnehmern, dass sie flexibel sind, weil sie die Leute sonst schlecht vermitteln kann, und nicht wenige müssen da an die hundert Kilometer zu ihrem Arbeitsplatz fahren, und wieder heim, wenn sie nicht gleich dort übernachten, das brauchen Ihre Arbeiter natürlich nicht, denn sie wohnen ja hoffentlich hier. Wenn Sie allerdings eine Firma von auswärts beauftragt hätten, was ja möglich wäre, da die bei uns ansässigen alle ausgelastet sind, müßten Sie schon ab und zu mal zu denen hinfahren und mit denen reden, damit sie nicht den ganzen Winter über stempeln, aber dort übernachten brä

,uchten Sie nicht, weil, wenn Sie an einem Tag mit denen geredet haben, brauchen Sie ja nicht am nächsten Tag gleich wieder mit denen reden, es sei denn, das Wetter ändere sich über Nacht und es ergäbe sich eine neue Lage, in so einem Fall müßten Sie dann schon gleich frühmorgens zur Stelle sein, wenn Sie das wüßten, und dann wäre es natürlich von Vorteil, wenn Sie dort übernachtet hätten, weil dann könnten die sofort los, und wenn sie in der Eile nicht genug Autos hätten, könnten Sie vielleicht einen oder zwei in Ihrem Wagen mitnehmen. Den Wagen werden Sie ja inzwischen von der Verwahrungsstelle der Polizei abgeholt haben, weil die alle Autos, deren Besitzer sich nicht melden, nach einer gewissen Aufbewahrungszeit verkaufen, und das nicht unbedingt zu den besten Konditionen, sondern was halt geboten wird, und wenn ein Auto beschädigt ist, dann geht der Preis natürlich rapide zurück, und bei Ihrem steckt der abgebrochene Schlüssel, und dafür wird der neue Besitzer nicht den vollen Preis bezahlen wollen, weil er sich nicht reinsetzen kann und wegfahren, wenn das ginge, wäre das ja auch bei uns damals gegangen, und wir hätten durch die Fußgängerzone preschen können, wie Sie das vorhatten.

Sollte es natürlich in den nächsten Tagen weiter schneien, dass der Schnee auch auf den Straßen liegen bliebe, ergäbe sich natürlich wieder eine neue Lage, denn die streuen ja neuerdings kaum noch Salz auf die Fahrbahnen, und dadurch ist der Verkehr bei starkem Schneefall erheblich behindert, dann kämen Sie selbst dann, wenn Sie sich jetzt das beste Auto gekauft hätten, kaum voran, aber dann müßten Sie auch nicht fahren, weil soviel Schnee in einer Nacht nicht wegtaut und Sie bräuchten erst fahren, wenn sich abschätzen ließe, dass er am nächsten Tag weggetaut sei und die Arbeiter mit der Arbeit beginnen könnten. Wenn er aber liegen bliebe und es tagelang nicht aufhörte zu schneien, dann wäre es schlimm, weil dem Gewicht von solchen Schneemassen würde unser Dachstuhl nicht standhalten können, zumindest an den Stellen nicht, an denen die Balken bedenklich angefault sind, dann hätten wir den Schlamassel: wenn die einstürzten und der ganze Schnee prasselte auf den Speicher, da nützten die Wannen und Eimer rein gar nichts, denn die würden darunter begraben werden: allerdings, an den Stellen, an denen die löchrigen Planen liegen, könnte man vielleicht etwas machen, natürlich nur solange, wie der Schnee nicht zu Wasser wird, solange er Schnee bleibt, verhält er sich so wie rieselnder Sand, ich mein, wenn das Dach einstürzt, rieselt er nicht, sondern der ganze Schnee kracht auf einmal auf die Planen, aber immerhin bliebe er dann dort liegen, wenn nicht auch gleich die Speicherdecke einkrachte, was ich aber nicht hoffe, die ist ja nur insofern beschädigt, als sie kleine Löcher hat, durch die Wasser durchdringen kann, nicht so große, wie das Dach, also der Schnee wird hoffentlich auf dem Speicher liegen bleiben und dann kann man, wenn es nicht zu viel Schnee ist, dass man die Planen darunter nicht mehr findet, die an den Seiten hochheben, den Schnee sozusagen verpacken und irgendwie rausschaffen. Das kann aber der Hausmeister nicht alleine machen, und auch ich, wenn ich ihm hülfe, würde als Hilfe nicht ausreichen, da müßte schon das ganze Haus mithelfen. Die wenigen älteren Mieter kennen sowas ja noch aus dem Krieg, und die neuen Mieter müßten das dann eben auch lernen, man weiß ja nie, wann wieder mal ein Krieg kommt. Solche Kenntnisse kann man immer brauchen, auch wenn ich mir vorstellen kann, dass sie sauer wären, wenn das Dach von dem Haus einstürzt, in dem sie so hohe Mieten zahlen.

Die alten Mieten konnten Sie ja noch nicht so toll steigern, weil das die Bundesregierung verboten hat oder nur in Grenzen erlaubt, während Sie die Mieten bei denen, die neu einzogen, bedenkenlos steigern konnten, weil die zum einen nicht wußten, was die Wohnungen früher gekostet haben, und wenn sie es gewußt hätten, hätte das ihnen nichts genutzt, weil sie ja keinen Anspruch auf angemessene und vernünftige Mietsteigerung hatten, und eine Wohnung braucht der Mensch.

Ihr Mieter

An die Hausverwaltung Pfeifer

betr.: Schwindel

Sehr geehrter Herr Hausverwalter,

der Schwindel ist aufgeflogen. Nachdem das Wetter sich wieder gebessert hat, habe ich versucht, Sie anzurufen, was nicht gelang. Ich erfuhr dann, dass Sie mit Ihrer Frau in den Schiurlaub gefahren sind. Also hat sie doch wieder zu Ihnen zurückgefunden, ist vor der drohenden Vielweiberei des Türken davongelaufen und hat ihn und sein Land verlassen. Das kann ich verstehen, denn wenn sie bei uns im gemäßigten Westeuropa aufgewachsen ist, dann ist es ihr in der Türkei schlicht zu heiß, wir brauchen den Wechsel der Jahreszeiten und auch die naßkalten und frostklirrenden Winter und nicht fortwährend Sommersonne. Und Winter haben wir jetzt und da gefällt es ihr hier und bei Ihnen eben besser.

Ich musste also die Hausbesitzerin anrufen, ihr sagen, dass es weiter in die Wohnung tropfe, es inzwischen auch Winter sei, wenn auch gerade mal kein Schnee liege, weil der weggetaut sei, aber auch niemand das Dach repariere, noch Anstalten dazu unternähme. Dies ließe ich mir jetzt nicht mehr länger gefallen, ob es Arbeiter gäbe oder nicht. Sie hat dann ziemlich herum telephoniert, Sie konnte Sie ja auch nicht erreichen, und selber kannte sie sich nicht aus, weil Sie ja alles in der Hand hatten, auf jeden Fall, am nächsten Tag stand sie mit einem Typ von der Versicherung vor meiner Tür. Der hat sich alles angeschaut, und dann muss ihm wohl ein Licht aufgegangen sein. Erst fing er leise an zu fragen, wieso das Haus noch immer in dem Zustand sei, und als die Hausbesitzern sagte, dass Sie ihr erklärt hätten, dass es mit der Versicherung Probleme gäbe, Sie überhaupt nicht wüßten, ob bei solch einem Naturereignis etwas gezahlt würde, und Sie ihr dringend empfohlen hätten das Anwesen zu verkaufen, Sie hätten da auch einen Käufer an der Hand, natürlich würde der für ein Haus in dem Zustand nicht soviel zahlen, aber immerhin genug, dass sie einen ruhigen Lebensabend verbringen könne, wozu sie sich durchgerungen habe, in zwei Wochen sollten die Verträge unterzeichnet werden, fing der Mann fast zu Schreien an, das sei doch Betrug, natürlich werde sein Haus zahlen, das müsse es leider, das habe man schon gleich nach dem Ereignis avisiert, weil sie einen alten Vertrag habe, der Sturm und Hagelschäden mit einschließe, bei den neuen Verträgen sei man da vorsichtiger, da wolle wohl absichtlich einer ein Haus verkommen lassen, um die Versicherung und den Hausbesitzer aufs Kreuz zu legen und sein kriminelles Süppchen zu kochen, lauter so Sachen, er werde jetzt dafür sorgen, dass alles gestoppt werde, keinen Pfennig würde sein Haus in dies Haus stecken, nichts werde an diesem Haus gemacht, das sei ein Beweis, und den würde man brauchen so wie er ist.

Jetzt fing ich natürlich auch an zu schreien, weil die Hausbesitzerin nichts sagte, und zeigte ihm wütend alle Stellen, die immer schlimmer geworden waren im Laufe der Monate, und schrie ihn an, er solle ein neues Haus bauen lassen, in dem ich dann endlich in Ruhe wohnen könnte, denn in dem könne man schon seit Monaten nicht mehr wohnen und jetzt überhaupt nicht mehr, und ich könnte mit meinen Photos beweisen, wie es im Laufe der Zeit immer schlimmer geworden sei, am Anfang sei ja möglicherweise schnell was zu machen gewesen, aber jetzt. Er bat mich, wieder ruhiger zu werden, weil wir doch auch vernünftig miteinander reden könnten und ließ sich die Photos zeigen, die ich gemacht hatte, die wollte er dann auch gleich mitnehmen und versprach mir, dass sein Haus mir meine Auslagen bezahlen werde. Ich entschuldigte mich für die teilweise schlechte Bildqualität, aber er meinte, das würde schon gehen. Ich bin froh, dass ich für die Bilder was kriege, es ist übrigens das erste Geld, das ich an der Geschichte verdiene, denn die Fotos hat mein Neffe umsonst entwickelt und von dem bekomme ich auch die Filme billiger, das werde ich aber der Versicherung nicht auf die Nase binden.

Ich habe ihm auch von den Briefen an Sie erzählt, die ich geschrieben habe und er fragte, ob ich Durchschläge hätte, die habe ich aber leider nicht. Wenn Sie die Originale nicht vernichtet haben, es sind ja immerhin Geschäftsbriefe, und die bewahren Sie ja sicherlich in Ihrer Korrespondenzmappe oder in einem Ordner auf, dann wäre ich dankbar, wenn Sie sie mir, es reichen auch Kopien, die von der Versicherung sicherlich auch bezahlt werden, zur Verfügung stellen könnten. Es geht mir besonders um die Stellen in den Briefen, in denen ich Schadensmeldungen gemacht habe, denn der Versicherungsmann meinte, damit könne man etwas machen, dann sei der Schwindel leicht aufzudecken. Ich wollte schon gleich wieder schreien, das ich nicht geschwindelt hätte

, aber er blieb jetzt bei seiner freundlichen Gangart und sagte mir, dass er meinen Schwindel auch gar nicht gemeint habe, aber die ganze Sache sei jetzt nicht mehr eine Angelegenheit zwischen Hausbesitzerin und

Hausverwalter und Versicherung, sondern ein Fall für die Justiz, und die brauche Beweise, und mir würde die Sache nicht zu Schaden sein, auf jeden Fall müsse schnell etwas geschehen. Dem konnte ich nur zustimmen.

Ihr Mieter

An die Hausverwaltung Pfeifer

betr.: mein Anwesen

Sehr geehrter Herr Pfeifer,

ich habe jetzt die Sache in die Hand genommen und Handwerker bestellt. Es war gar nicht so schwierig, wie Sie es mir immer weis machen wollten, allerdings wollten sie Bargeld sehen, und das ist bei Ihren Geschäften mit der Versicherung spärlich geflossen und vor allen Dingen nicht immer in die richtige Richtung. Das ist jetzt anders und seit einer Woche turnen sie auf den Gerüsten, nach Monaten des Lauerns, kommt das mir und meiner Familie wie ein Festtag vor, meine kleinere Tochter spricht jetzt auch Dachdecker - Dadeke. Allerdings können die beiden den Arbeiten nicht vom Balkon aus zusehen, weil auch der Rest hinabgefallen ist, aber durchs Fenster gehts auch, die Scheiben halten die Kälte, die draußen ist ab, obwohl es zieht, wie Sie wissen, weil die Fenster noch nicht richtig schließen, aber dies wird auch bald alles gerichtet sein. Am Anfang wars nicht ohne Probleme, die Handwerker kamen und rissen alle Dachziegel weg, dass wir überhaupt kein Dach mehr hatten, in der Woche wars auszuhalten, weil man wußte, dass die am nächsten Morgen wiederkommen und weiterarbeiten, denn das Wetter hielt und die Sonne schien ständig. Am Wochenende wurde es mir allerdings mulmig, weil die ja doch zwei Tagen nicht arbeiteten und in den zwei Tagen hätte sich das Wetter ja ändern können. Bei Regen ist ein Haus ohne Dach natürlich verletzbar, sonst hätte ja kaum ein Haus ein Dach, so dass ich die Leute zwingen musste, wenigstens Planen anzubringen, was sie auch machten, allerdings erst, nachdem ich ein paar Kästen Bier besorgt hatte. Aber auf die paar Mark kommt es mir nicht an, es ist mir lieber, die trinken ihr Bier auf dem Dach bei der Arbeit, als im Wirtshaus an der Theke, wo sie ihr Bier zwar selber bezahlen, ich aber die Zeit, weil die ja, wenn das mal einreißt, auch in der Arbeitszeit dort hocken und nicht nur nach Feierabend, denn das lohnt sich für sie ja nicht, und nach Feierabend haben sie kaum Zeit, weil sie ihre eigenen Häuser bauen müssen, meistens mit Materialien, die sie von den Baustellen klauen oder sie arbeiten schwarz, weil sie sonst zu nix kommen.

Die Arbeit am Haus ist nur ein äußerer Ausdruck der Freude, die uns alle durchströmt, seit ich im Lotto gewonnen habe. Zuerst habe ich gedacht, es sei nur ein Fünfer mit Zusatzzahl, aber auch dies Geld hätte gereicht für unsere Pläne, und dann kam der Typ, meine Frau meinte noch, das sei wieder ein Gutachter oder ein Kriminaler oder was weiß ich, weil die nach dem Auffliegen des Schwindels aus- und eingingen und nach Beweisen suchten, für einen Handwerker haben wir ihn nicht gehalten, weil wir die Hoffnung schon aufgegeben hatten, dann kommt der mit der Nachricht von dem Gewinn. Das hat die Lage grundlegend geändert. Ich hatte ja vorher schon nachgerechnet, und nachdem ich mir den Zustand betrachtet hatte, den Sie mit verschuldet haben, war ja das Haus kaum noch einen Pfifferling wert und mit dem Geld und ein paar Krediten, Kredite kriegt man ja, wenn man Geld hat, war mein Entschluss rasch gefaßt. Natürlich wollte ich Sie nicht gleich von meinen Plänen unterrichten, denn wenn sie mißlungen wären, hätten Sie sich vielleicht ins Fäustchen gelacht, ich hab also die Verhandlungen hinter Ihren Rücken geführt, und jetzt, als der mit dem Sechser zur Tür herein trat, war es natürlich überhaupt kein Problem mehr das Haus zu kaufen. Die Summe reicht sogar, dass ich alles gründlich reparieren lassen kann, vorerst von meinem Geld, weil sich der Streit mit der Versicherung endlos hinziehen kann, weil Sie nichts zugeben wollen und die nicht nachgeben. Die alte Hausbesitzerin war recht froh, den Kasten loszuwerden und mit ihm den Ärger, aber billig hin oder her, beim Wiederaufbau wird dieser Vorteil geschluckt, es sei denn Sie bleiben hart, und lassen sich von der Versicherung nicht beweisen, dass sie den Zustand herbeigeführt haben. Schuld war ja erst einmal der Hagel und dann der nachfolgende Regen, dem Sie nicht Herr wurden. Ich habe Ihre Bemühungen das der Versicherung klar zu machen, wenn auch kritisch, verfolgt. Vielleicht können Sie einen Kompromiss erreichen, wenn Sie den nicht erreichen, dann sind Sie mit Ihrer Hausverwaltung erledigt, deshalb müssen Sie kämpfen auf Teufel komm raus. Und wie damals, als Sie auf meiner Seite standen, als es darum ging, das Dach zu reparieren und danach meine Wohnung, was Ihnen freilich nicht gelang, aber vielleicht gelungen wäre, wenn Sie noch mehr Zeit gehabt hätten und vor allen Dingen der Schwindel nicht geplatzt wäre, so stehe ich jetzt an Ihrer Seite. Aber Sie wissen, wie das bei den juristischen Dingen ist, man darf nicht verwandt oder verschwägert sein, das sind wir ja auch nicht, aber sich auch nicht in wirtschaftlicher Abhängigkeit miteinander befinden, sonst gelten die Aussagen nix, sie können noch so gut sein, deshalb muss ich Ihnen die Verwaltung des von mir bewohnten und von Ihnen bisher verwalteten Hauses wegnehmen, damit alles seinen ordentlichen juristischen Gang gehen kann.

Ich betrachte das aber nicht nur vom Juristischen her, ich habe auch noch länger mit der ehemaligen Besitzerin gesprochen, und sie sagte mir, dass sie mit Ihrer Arbeit nicht unbedingt zufrieden war. Sie seien von Anfang an ein wenig selbstherrlich gewesen, in diesem Zusammenhang müssen Sie froh sein, dass Sie von der kein schriftliches Arbeitszeugnis bekommen, nachdem sich Ihr Arbeitsverhältnis mit ihr ja aufgelöst hat, weil sie kein Haus mehr hat, da ich das jetzt habe. In Ihr Zeugnis hätte sie wahrlich kühne Formulierungen über Ihre Leistungen hineinschreiben müssen, damit das Zeugnis Sie anderen Arbeitsgebern richtig vorstellt, Sie aber nicht merken wie und dass Sie kritisiert werden, denn jeder Arbeitnehmer hat einen Anspruch darauf, dass nichts Negatives, vor allem was den persönlichen Bereich angeht, in seinem Zeugnis steht. Aber sie muss Ihnen kein Zeugnis ausstellen, und in dem Fall wäre ich ja Ihr nächster Arbeitgeber gewesen, und ich will Sie ja nicht beschäftigen, da hätte im Zeugnis noch so viel Gutes über Sie stehen können, ich betrachte nämlich Ihre Leistungen nicht unbedingt positiv, zwar haben Sie mir, und wenn Sie mir jetzt die Stange halten erst recht, einen gewissen wirtschaftlichen Vorteil gebracht, andererseits habe ich doch auch viel Umstände und Arbeit mit den widerborstigen Handwerkern im Haus, die ich in den nächsten Monaten beschäftigen muss, und gerade in dieser Zeit bräuchte ich einen tüchtigen Mann, denn ich weiß, wenn die erste Freude über das Auftauchen der Handwerker vorüber ist, dass sich dann auch Mängel einstellen, nicht nur weitere, die man am Haus ausmacht, sondern auch solche an der Arbeitsweise und Moral der aufgetauchten Handwerker, die man ständig beaufsichtigen muss, dass sie sich nicht zu früh ins Wirtshaus absetzen, und ständig hätten Sie dazu keine Zeit, weil Sie doch mit Ihrem Prozeß beschäftigt sind, und Sie sind auch kein Bundesminister, den man mit windigen Erklärungen noch monatelang im Amt halten kann, sondern nur Hausverwalter, und von einem solchen verlange ich ordentliche Arbeit, sonst kann ich das gleich alles selber machen, was ich vorläufig auch machen werde, denn in den letzten Monaten habe ich mich derartig in die Materie eingearbeitet, gezwungenermaßen, obwohl es mir zeitweilig auch Spaß gemacht hat, ich meine nach so langer Zeit beurteile ich auch unsere Nacht auf dem Oktoberfest anders, das menschliche Gedächtnis bewahrt eben mehr das Angenehmere, dass auch bei meiner Entscheidung, selbst die Sache in die Hand zu nehmen, ich mich von angenehmeren Gedanken leiten ließ, und da haben Sie halt keinen Platz mehr.

Aber, wie schon gesagt, dass kann für Sie auch von Vorteil sein, weil Sie sich jetzt besser Ihrer Verteidigung widmen können, und vielleicht ziehen Sie den Kopf doch wieder aus der Schlinge, mir kann das recht sein. Ich darf Ihnen viel Erfolg wünschen und kündige unser geschäftliches Verhältnis, das ich übernehmen musste, als ich das Haus kaufte, weil Sie sozusagen dazu gehörten.

Ihr Franz

P.S. In nächster Zeit werde ich Ihnen weniger Briefe schreiben können, was aber unserer persönlichen Beziehung keinen Abbruch tun soll. Auch ich trenne Geschäft und Privatleben.

Ein Jahr danach

Verehrter Herr Pfeifer,

wir haben ein stürmisches Jahr hinter uns, gottlob hat
das Wetter mitgespielt, jetzt sind die Dinge zur Ruhe
gekommen. Die letzten Handwerker haben das Haus
verlassen, die Rechnungen sind bezahlt, sogar ein paar
Mark sind übriggeblieben, die ich für Notzeiten auf die
Seite gelegt habe. Der Alltag hat uns wieder, nicht ganz,
denn er ist anders geworden, nicht nur, dass wir ein Jahr
älter geworden sind. Am Wochenende haben wir im Hof
ein Fest gefeiert; auf dem Sand, der unter dem
Betonboden lag, haben wir einen Spielplatz für die
Kinder gebaut, in die ehemalige Hausmeisterwohnung
ist jetzt nämlich auch eine Familie mit Kindern
eingezogen, so dass wir jetzt schon fünf haben, und auf
diesem Sand, am Rande der Fläche habe ich Rasen gesät,
der aber erst zaghaft sein Antlitz zeigt, weil es ein wenig
zu wenig geregnet hat in diesem Jahr, haben wir einen
Grill aufgebaut, Bänke, Tische und Fässer mit Bier und
Wein, und sind dann bis in die Nacht gesessen. Stavros,
das ist der Grieche, der jetzt unten, wo früher die Firma
war, seinen Lebensmittelladen hat, holte ein paar
Freunde, die mit ihren bizarren Musikinstrumenten
kamen und aufspielten, sangen und tanzten, bis sie
ebenso blau waren, wie die anderen, die mitsangen,
obgleich sie es nicht konnten, oder nicht mehr, aber das
ist nicht so wichtig, weil der gute Wille zählt, und der
war vorhanden. Sie hätten dabei sein sollen.

Von mir fiel endlich die Spannung ab, die mich bis zum letzten Handwerker begleitet hat, der war übrigens auch da, allerdings kam er nicht mehr ganz nüchtern, weil er schon am Vormittag im Wirtshaus gesessen ist, wie ja so oft, als er noch für mich gearbeitet hat. Aber das war nicht nur bei dem der Fall, die andern haben auch viele Arbeitsstunden dort verbracht, so dass ich manchmal an Sie denken musste und an den Ärger, den Sie mit den Handwerkern hatten. Es ist eben nicht alles Gold was glänzt, und es war nicht immer leicht, mich in meiner neuen Rolle zurechtzufinden. Als wir die Wohnungen im Haus fertig hatten, Türen, Fenster, Leitungen, Sie kennen das ja alles aus meinen Briefen, und der neue Glanz auch auf den Gesichtern der Mieter strahlte, war ich für einen kurzen Augenblick versucht, die Mieten in die Höhe zu jagen, aber ich habs dann nicht gemacht, meine Frau hat auch dagegen geredet, es war alles noch zu frisch, und die Erinnerung, dass wir auch einmal Mieter waren, konnten wir nicht verdrängen.

Aus reinem Übermut hab ich einigen sogar die Miete gesenkt – immerhin spare ich ja jetzt die Kosten für einen Hausverwalter, und von den Einnahmen können wir eigentlich ganz gut leben. Blöd wärs, wenn wieder so ein Hagel käme, aber ich hab mir vorgenommen, in solchem Fall, gleich was zu unternehmen, dass der Schaden nicht wieder jeden Tag schlimmer wird wie beim letzten Mal, was man aber Ihnen, so wie ich inzwischen erfahren hab, nicht eindeutig nachweisen konnte. Das hatte ja auch sein Gutes für mich, weil ich natürlich mit dem Geld von der Versicherung und dem vom Sechser ordentlich auf den Putz hauen konnte. Sie sollen ja nach den anfänglichen Schwierigkeiten, die.

dann doch geringer waren, auch wieder ganz gut auf die Beine gekommen sein. Wie ich hörte, haben Sie jetzt eine feste Anstellung, zwar nicht mehr in der alten Branche, sondern bei der Versicherung, die Ihnen nichts Rechtes nachweisen konnte, weswegen sie Sie in ihre Reihen aufgenommen hat, damit solches nicht wieder passiert. Sie haben auch dort wieder mit Häusern zu tun und sollen dort für Schadensfälle zuständig sei, das ist gut, da können Ihr Wissen sicherlich gut anbringen. Seien Sie nicht so streng beim Zahlen, Sie wissen ja selbst, wie nötig Sie damals Geld gehabt haben, als wir diesen Schaden hatten. Mit Ihrer Frau soll es ja auch weiterhin gut gehen. So Krisen gibt es halt im Leben, da kommt der Beste nicht unbeschadet heraus.

Vielleicht treibt sie der Wind, nicht die Arbeit, einmal in unsere Gegend. Sie werden das Haus kaum wieder erkennen. Mich finden Sie leicht, ich wohne noch immer unter dem Dach, das ja inzwischen dicht ist. Wir können uns dann auf den Balkon setzen und ein Gläschen oder zwei zu uns nehmen. Die Balkone habe ich bei allen Wohnungen über zwei Zimmer gezogen, so dass man sich angenehm darauf aufhalten und das heitere Spiel der Wolken verfolgen kann, die manchmal von einem Flugzeug durchschnitten werden. Wenn es Abend wird, und die Kinder schon eingeschlafen sind, sitzen wir oft hier, Musik kommt von der neuen Stereoanlage und wir plaudern manchmal von vergangenen Zeiten, und da finden Sie dann auch Ihren gebührenden Platz.

Ihr Franz, Hausbesitzer

P.S. Ich konnte nun doch den Brief nicht sofort abgehen lassen, ohne noch ein paar Zeilen hinzuzufügen. Es war vor ein paar Wochen, als ich an das Bett meiner kleinen Tochter kam und hörte, wie sie sagte, während sie ihr Bein betrachtete, jetzt bist du schon über drei Jahre alt. ich hab das gleich meiner Frau erzählt, und wir freuten uns über die Aufgewecktheit unseres Kindes. Neulich nun waren die Zwerge am Streiten und ich ging hin, weil ich beim Fernsehen meine Ruhe haben wollte und sagte ihnen, sie sollten eine Ruhe geben und nicht frech sein. Sie hörten meine Worte, so ist es nicht, denn sie unterhielten sich über meinen Vorwurf, kamen allerdings zu der Meinung, sie seien gar nicht frech und stritten weiter, mich nicht mehr beachtend. Ähnliches passiert in letzter Zeit öfters, so dass ich mir meine Gedanken mache. Nicht nur über sie. Ob es nun der Stavros ist, der in seinem Laden eine kleine Imbißecke eingerichtet hat, und von mir erwartet, dass ich ihm drei Stellplätze für Autos besorge, sonst könne er den Imbiß nicht rechtens betreiben, behördlicherseits. Ich hab dann drei angemietet, dachte ich doch, dass ich auch mein Auto dann dort abstellen könnte, aber das ist schlecht, weil er immer seinen Wagen dort parkt und seine Kunden den Parkplatz brauchen. Vor ein paar Tagen hat er mir in der Früh seinen Jungen geschickt, ein hübscher Bengel, der fragte, ob ich mein Auto nicht wegfahren wolle, der Vater benötige den Platz. Ich musste sowieso bald wegfahren, weil ich in die Stadt wollte, und so bin ich eben ein bißchen früher gegangen. Ich parke jetzt nicht mehr auf seinem Platz. Was soll man machen, er braucht ja die Kunden. Dabei bezahlt der wirklich nicht soviel Miete für den Laden. Und ich glaube, dass er gut verdient. Aber er klagt trotzdem, weil er sich ein Haus bauen will und alles Geld braucht. Ich hab ihm schon gesagt, dass das mit einem Haus nicht so einfach sei, wie er es sich vorstelle. Die Mieter, die Anlieger. Aber er sagt, mit denen werde er schon fertig. Jetzt hat er von mir auch noch verlangt, dass ich die Parolen, die irgendwelche Unholde an die Fassade neben seiner Ladentür geschmiert haben, wegmachen lasse, er habe ein anständiges Geschäft und die Parolen würden seine Kunden fernhalten, seine Landsleute würden sie nicht stören, sie seien dies in Deutschland gewöhnt, aber die Deutschen und die brauche er gleichfalls als Kunden.

Meiner Frau hab ich gesagt, sie solle nicht mehr bei ihm einkaufen. Er gibt ihr auch nichts billiger, obwohl ich früher schon manchmal gesehen hab, dass er bei anderen nicht so genau ist. Zu mir ist er anders, ich muss immer an seinem Laden vorbei, wenn ich ins Wirtshaus gehe und manchmal gibt er mir ein Glas von diesem Harzwein, den ich aus Höflichkeit trinke, obwohl ich das Zeug nicht vertrage, aber er meint, ich solle ruhig ein Glas trinken, ich hätte noch lange nicht genug. Dabei grinst er so seltsam. Vielleicht sollte ich doch mal ablehnen. Andererseits betrachte ich das als freundliche Geste, die mir zeigt, dass er sich wohl fühlt im Haus. Eingezogen ist er ja nur mit Frau und den beiden Kindern, aber inzwischen wohnen bei ihm wohl noch einige Verwandte, auf jeden Fall waren, als ich das Waschbecken repariert habe, das aus der Wand gerissen war, weil der Handwerker die Schrauben nicht gedübelt hat, noch ein paar da, die zugesehen haben und aufgepaßt, dass ich es diesmal ordentlich mache. Die höre ich auch öfters, wenn ich vorbeigehe und Krach durch die Tür kommt. Gut, dass er die Wohnung im Erdgeschoß hat, so stört er die anderen Mieter wenigstens nicht so arg.

Mit dem Huber im zweiten Stock, der erst nach ihrer Zeit eingezogen ist, hab ich auch eine Auseinandersetzung gehabt, die aber auch gut ausging. Er wohnt leider nicht so gerne in einem Haus, in dem Ausländer wohnen, das hat er mir allerdings erst gesagt, als er schon ein halbes Jahr hier gewohnt hat, und er meinte, dass er unmöglich, wenn er schon so wohnen müsse, er dafür keine so hohe Mete zahlen könne, er machte mir klar, dass in Amerika, wenn da in ein Viertel ein Neger - Farbiger, glaube ich, sagte er - einziehe, dann verließen alle Weißen fluchtartig das Haus und das Viertel sei dem baldigen Verfall preisgegeben und das könne mir auch passieren. Ich hab ihm gesagt, dass Stavros und seine Familie ja nicht farbig seien, wenn man von seinen für uns fremden Gewohnheiten absehe, die mir manchmal schon recht bunt vorkämen, und Griechenland sei schließlich als Wiege unserer Kultur zu betrachten, doch davon wollte er nichts wissen, so dass ich seine Miete um ein Drittel kürzen musste, damit er seine Nachbarschaft ertragen kann. Seine Frau kauft aber weiterhin bei Stavros ein, so dass ich annehme, auch er wird sich bald mit den Ausländern abfinden.

Es gibt noch einige solcher Dinge, die mich umtreiben, aber es würde zu lange dauern, alles aufzuschreiben. Vielleicht kommen Sie mal vorbei, dann können Sie sich selber alles ansehen. Ihr habt sicher eine Rechtsabteilung in der Versicherung, vielleicht können Sie einen Kollegen von dort mitbringen, der mir ein paar Ratschläge erteilen kann. Eigentlich will ich ja nur in Ruhe in meinem Haus leben. Manchmal hab ich das Gefühl, es gehört mir gar nicht. Es gibt Leute, die sagen, nicht du hast Besitz, sondern der Besitz hat dich.

P.S. Eigentlich wollte ich den Brief Ihnen damals gleich zuschicken, aber ein Ereignis kam dazwischen, dass es mir unmöglich machte an Post zu denken, geschweige denn dorthin zu gehen. Meine Frau kam von der Arbeit heim, wegen der geringen Mieteinnahmen ist sie ein paar Stunden außer Haus und verdient ein paar Mark, damit wir über die Runden kommen, ich hab ja meine Arbeit aufgeben müssen, weil ich als Hausbesitzer mich nicht weiter in Lohnabhängigkeit begeben will, auch hat dieser Stand seine gesellschaftlichen Verpflichtungen, sie kam also heim und legte mir einen Zettel auf den Tisch. Ich dachte erst, es sei einer von diesen Werbeschriften, die immer haufenweise im Briefkasten liegen und die meine Frau ja auch verteilt, in einem anderen Viertel versteht sich, weil die Leute das Maul aufreißen würden, wenn sie sähen, dass meine eigene Frau in unserem Haus Prospekte verteilen muß, allerdings würde sie in unserem Haus nicht klingeln müssen, was ja stets lästig ist und Zeit kostet, weswegen sie immer später heimkommt, denn für das eigene Haus hätte sie ja einen Schlüssel, aber im Eifer der Arbeit könnte sie das natürlich vergessen und doch klingeln, und dann hätten wir die Blamage, zuerst natürlich sie, aber es würde sicherlich auch auf mich zurückfallen. Sie hat die Arbeit auch nur angenommen, weil sie sonst nichts gekriegt hat und sich die Arbeitszeit einteilen kann, was sie muss, wegen der Kinder. Ich bin eigentlich dagegen, dass sie arbeitet, weil eine Mutter sollte bei den Kindern bleiben, aber die paar Mark brauchen wir, und sie ist auch nur wenige Stunden weg.

Auf dem Zettel waren aber keine Sonderangebote aufgelistet vom Tengelmann oder so, sondern der Zettel war ein richtiges Pamphlet, und als solches natürlich auch nicht unterzeichnet, unterzeichnet schon, aber mit Max Stirner, und der wohnt nicht bei mir, sondern ich weiß, dass das so ein anarchistischer Schreiber war, von dem ich in meiner Jugendzeit auch verschiedenes gelesen hab. „Der Einzige und sein Eigentum". Schon damals ist mir in Ansätzen aufgegangen, wie der Titel und die Ausführungen zu verstehen sind, natürlich hat damals jugendlicher Überschwang mich alles verallgemeinern lassen, und die Aussage über einen Einzigen mich verleitet, in diesem Einzigen alle zu sehen und damit falsche Schlüsse zu ziehen, wenn der Stirner aber alle gemeint hätte, hätte er auch "Alle und ihr Eigentum" geschrieben. Soviel weiß ich heute.

Auf diesem Zettel, der mit Schreibmaschine geschrieben wurde, es gibt soviel ich weiß, nicht mehr so viele Schreibmaschinen im Haus und ich könnte raus finden, wer ihn geschrieben hat, wenn er nicht von außerhalb kommt, solche Leute sind ja heutzutage international organisiert, das weiß man, standen einige Sprüche bekannter Machart, die in ihrer Einfalt die Denkweise der Verfasser ausweisen, die man allerdings nicht unterschätzen sollte, sondern deren Anfängen man wehren muss. Meine Rolle als rechtmäßiger Besitzer wird angezweifelt, Verpflichtungen werden angeführt. Es wird davon gefaselt, wieso ich keine Miete bezahle, auf welcher Grundlage ich die der anderen festsetze. Ich solle das offenlegen, auch ich sei kündbar, füge ich mich nicht in die Gemeinschaft. Also Anarchie mit einem Wort. Der Gipfel ist, dass man fragt, wie ich zu meinem Eigentum gekommen sei. Das geht keinen was an. Noch, nicht mal das Finanzamt verlangt im ersten Jahr Steuern und im zweiten, also bald, werde ich hoffentlich auch kaum welche zahlen, weil ich mir einen Steuerberater zugelegt habe, der nachweisen wird, dass ich lauter Schulden habe, Sie kennen das ja, sonst müsste meine Frau auch nicht arbeiten. Die paar Mark, die noch auf dem Konto sind, müssen wir allerdings noch verstecken, aber auch hier will sich der Steuerberater was einfallen lassen. Der kostet mich eh einen Haufen Geld. Den Flick oder solche Leute fragt niemand, wie sie zu ihrem Geld gekommen sind.

Wir haben alle damals nach der Währungsreform mit hundert Mark angefangen, und der eine hat eben aus dem Geld was gemacht und der andere wird es versoffen haben. Danziger Goldwasser oder Nordhäuser, die Schnapsmarken sind ja in einschlägigen Kreisen bis heute bekannt. Ich weiß nicht, ob ich, immerhin war ich damals noch ein Kind, auch hundert Mark gekriegt hab, wenn ja, dann sehen Sie jetzt, da ich Hausbesitzer bin, was ich daraus gemacht habe. Wenn nicht, dann zeigt das erst recht, wie ich mich durch Fleiß und Ausdauer, was die heutigen Jungen gerne vergessen, aus der Armut herausgearbeitet habe. Wenn heute noch mal eine Währungsreform käme, was man ja nicht wissen kann bei den bedenklichen Dollarschwankungen und dem schwachsinnigen Entscheidungen unserer Politiker, wäre es sicherlich problematisch und zwar wegen der Ausländer, die sich bei uns niedergelassen haben und die wahrscheinlich wegen unserer gutmütigen Gesetzgebung auch Anspruch hätten, und wenn dann auch die Kinder hundert Mark bekämen, ginge Deutschland flöten, zumindest die Wirtschaft, denn die haben alle an die sieben Kinder, während ein deutsches

Ehepaar im allgemeinen ein, höchstens zwei Kinder hält, weswegen wir ja auch bald aussterben, wie die Dinosaurier ausgestorben sind, und die Ausländer hätten dann mit sieben Kindern neunhundert Mark, während wir Deutschen höchstens vierhundert Mark hätten, also nicht mal die Hälfte, und dann würde das ausländische Kapital, das eigentlich inländisches ist, was aber die Ausländer haben, uns erdrücken. Und wir könnten kein Vermögen mehr schaffen und keinen Wohlstand, und den Wohlstand will man mir jetzt nehmen, naja Wohlstand, ich meine, ich kann auch nur ein Kotelett pro Essen essen, mehr krieg ich gar nicht runter.

Man stellt sich unter Wohlstand immer als etwas besonderes vor, aber was ist das schon. Ich denk zum Beispiel jetzt viel öfter an das Haus, als früher, als ich hier noch Mieter war, ausgenommen natürlich die Wochen, in denen es ohne Dach war, aber jetzt hats ja wieder eins und wenn nun wieder Hagel käme, wär ich der erste und auch der zweifach Betroffene, weil ich eben hier wohne und weil ich mich um alles kümmern müßte, ich hab ja keinen Verwalter, der mir das abnimmt. Daran denkt keiner. Im größeren Bereich der Industrie ist das gottseidank ein bißchen geregelt, dort findet man einsichtige Gewerkschaftler, die nicht nur in verstaubten Klassenkampfparolen denken, obwohl es leider auch von dieser Sorte noch genug gibt, sondern auch solche, die Einsicht haben und wenn schon nicht offen für das Kapital, dann wenigstens so agieren, dass es dem Kapital nützt und die Mitglieder es nicht merken oder denen einsichtig gemacht wird, dass, was dem Kapital nützt, auch ihnen nützt. Wenn der Unternehmer nämlich seinen Laden dicht macht, sitzen alle auf der

Straße und können sich eine neue Arbeit suchen, und weil sie, während sie gearbeitet haben, nur in seltenen Fällen genug für Notzeiten auf die Seite gelegt haben, liegen sie der Allgemeinheit auf der Tasche, während der Unternehmer meistens soviel auf die Seite geschafft hat, dass er jahrelang davon leben könnte und Ferien machen im Süden, was aber die meisten gar nicht wollen, weil sie sofort eine neue Firma gründen, damit die Leute von der Straße wegkommen. Es heißt ja auch nicht zufällig Unternehmer und Arbeiter, weil der Unternehmer, der unternimmt was, während das einzige, was der Arbeiter unternimmt, das ist, dass er sich beim Arbeitsamt meldet, und dann wartet er bis er eine neue Arbeit kriegt. Ausnahmen bestätigen auch hier nur die Regel, wie überall.

Diese Arbeitslosen können dann nach gewisser Zeit auch die Mieten nicht mehr zahlen, was alle Hausbesitzer in den Ruin treiben würde, wenn nicht genug Hausbesitzer in den Parlamenten säßen, die für eine angemessene Sozialgesetzgebung sorgten, damit durch Wohngeld oder Zulagen vom Sozialamt zur Miete, manchmal wird die ja auch von den Ämtern ganz übernommen, wenigstens die Mietzahlungen gesichert sind, damit die Mieter ihre Wohnungen behalten können und die Hausbesitzer ihre Häuser.

Bei mir im Haus ist Gottseidank noch keiner arbeitslos. Wenn ich mir es recht überlege, ich habe es ja anfangs des Briefes schon angedeutet, könnte ich mir eigentlich mit Ihnen wieder eine Zusammenarbeit vorstellen, allerdings setze ich voraus, dass Sie aus unserer ersten Zusammenarbeit was gelernt haben, in gewisser Weise haben Sie ja damals schon für mich gearbeitet, indem Sie Bedingungen schufen, dass ich das Haus erhielt, die Bedingungen, das Kapital hab ich gebracht, das wollen wir natürlich nicht unter den Tisch fallen lassen, und jetzt könnten Sie mir helfen, dass ich es behalten kann.

Wir wollen offen sein, das Kapital braucht Helfershelfer aus den Schichten ohne Kapital, und Sie haben Ihres ja bedauerweise verloren. Helfen Sie mir! Vielleicht kommen Sie dann selbst wieder zu einem bescheidenen Wohlstand. Sie könnten mein Verwalter werden! Ich denke nämlich daran hier auszuziehen; ich habe leider erfahren müssen, dass es nicht gut ist, dass ein Hausbesitzer mit seinen Mietern unter einem Dach wohnt, allzumal, wenn er so milde denkt, wie ich. Auch der Arzt meiner Kinder meint, dass Landluft ihrer doch manchmal anfälligen Gesundheit zuträglich wäre. Kurzum, ich kaufe mir was auf dem Land, dazu brauche ich Geld und auch Kredit, Kredit krieg ich, wenn ich nachweisen kann, dass mein Haus in der Stadt was abwirft und zwar mehr als bisher, das ist mir klar, und dass es mehr abwirft, dafür müssen Sie als mein Helfershelfer sorgen. Vielleicht können Sie die Mieten allmählich so steigern, dass meine Frau nicht mehr dazu verdienen muss, das sollten Sie auf jeden Fall hinkriegen, denn auf dem Lande findet man kaum Arbeit, und Kühe melken kann sie nicht oder Traktor fahren, außerdem könnte ich ja dann auch unmöglich ins Wirtshaus gehen, so wie das in der Stadt möglich ist, wo alles anonymer ist, weil auf dem Land jeder jeden kennt und demzufolge jeder weiß, was der andere ist und tut, und tun will ich auch fortan nichts, denn ich fasse meine Rolle als Hausbesitzer zunehmend konservativ auf, das Wort kommt ja von conservare, und meint soviel wie etwas bewahren, Sie kennen das vielleicht, wenn Ihre Frau zuweilen Konserven einkauft oder vielleicht auch Obst oder Beeren selbst einkocht um sie für spätere Zeiten aufzubewahren, den nächsten Winter oder so, und ich will auch was konservieren, meinen Besitz nämlich und deshalb neige ich dazu meine Rolle als Hausbesitzer grundsätzlich konservativ auszurichten, nach der mir auch die Hingabe an die profane Arbeitswelt verwehrt ist.

Ich hoffe auf Ihre baldige Antwort und Zusage. Ich muss jetzt Nägel mit Köpfen machen.

Ihr Chef?